KB098646

설악인문기행 2

설악인문기행2
선인들이 거닐었던 외설악 유람길

2017년 10월 20일 초판 1쇄 발행

지은이 권혁진
펴낸이 원미경
펴낸곳 도서출판 산책
편집 김미나 정은미

등록 1993년 5월 1일 춘천80호
주소 강원도 춘천시 우두강둑길 23
전화 (033)254_8912
이메일 book4119@hanmail.net

ⓒ 권혁진 2017

ISBN 978-89-7864-060-2
ISBN 978-89-7864-046-6 세트

· 이 책에 그림을 사용하도록 허락해 주신 길종갑
  화백께 감사드립니다.

"이 책(인쇄물)은 강원문화재단 후원으로 발간되었음"
  당신이 **평창**입니다. It's you, PyeongChang

설악인문기행 2

선인들이 거닐었던 외설악 유람길

•

권 혁 진

설악인문기행2를 펴내며

김수증의 「한계산기」를 읽다가 걷기 시작했다. 길 위에서 설악산을 유람한 선비들을 만나게 되었다. 선인들은 설악산을 유람하면서 경치와, 자연에서 받은 느낌 등을 유산기(遊山記)에 담아놓았고, 읽고 번역하고 답사를 진행하였다. 결과물이 『조선 선비, 설악에 들다』이다. 이후 백담계곡과 수렴동, 구곡담계곡, 오세암, 봉정암, 대청봉을 답사한 것을 『설악인문기행1』에 담았다. 이제 다시 『설악인문기행1』에서 다루지 못한 외설악과 미시령 구간과 대승령 구간을 포함하여 『설악인문기행2』에 싣는다.

『설악인문기행2』는 선인들이 거닐었던 외설악의 주요한 유람길을 중심으로 구성하였다. 천후산이라고 불렀던 울산바위를 가는 길은 향성사지, 신흥사 부도군, 내원암, 흔들바위, 계조암 등이 포함된다. 흔들바위와 계조암 주변의 바위글씨를 최대한 읽은 것은 이 책의 공로다. 비선대로 향하는 길에선 신흥사를 자세하게 살폈다. 와선대의 위치를 정확하게 그린 것은 이 책의 성과 중의 하나다. 비선대에 새겨진 글씨를 읽은 것도 또 하나의 성과다. 화암사를 향하는 길에선 성인대를 조명하였고, 그곳에서 바라본 울산바위의 장엄함은 아직도 또렷하다. 문익성의 「유한계록」을 따라 양양에서 한계령까지 걸은 것은 새로운 시도다. 백두대간을 넘나드는 여러 고개를 다루고, 성국사의 전신인 오색석사의 의미를 되짚기도 하였다.

내설악에 속하는 미시령 가는 길에선 창암과 문암이 생생하다. 대승령을 오르는 길에선 대승암터를 찾기도 했다. 마지막엔 김수증의 「한계산기」를 읽으며 따라 걸은 과정을 실었다. 김수증의 거처인 화천 사창리부터 양구를 거쳐 한계령까지 왔다가는 코스를 몇 번이나 오고갔는지 모른다. 설악과 인연을 맺도록 이끈 글이라 감개가 없을 수 없다.

설악산을 유람한 선비들은 설악산을 네 개의 키워드인 은(隱), 성(聖), 기(奇), 영(靈)으로 그려냈다. 그러한 특성을 지닌 곳을 찾기 위해 몇 해 동안 선인들의 글을 들고 설악의 이곳저곳을 거닐었다. 조금씩 설악에 새긴 향기를 조금씩 맡게 되었다. 『설악인문기행 1, 2』는 설악산에 배어있는 문자의 향기를 추적하는 과정이다. 정복하는 대상으로서의 산이 아닌 천천히 음미하며 즐기는 산, 그 속에서 문자의 향기를 찾아가는 『설악인문기행 1, 2』를 통해 급하게 오르기만 하는 등산문화에도 변화의 바람이 불기를 기대해 본다.

홍하일 선생님은 늘 함께 답사를 하면서 많은 것을 알려주셨다. 언제나 원통 터미널에서 만나 산행을 시작하며 내 인생의 한 구간을 빛나게 해주셨다. 또 한 사람. 안사람은 매주 설악으로 향하여도 얼굴 한 번 찌푸리지 않았다. 종종 좋은 아이디어로 책을 풍성하게 해주었다. 도움을 얻었으나 일일이 언급하지 못한 모든 분들께도 깊이 감사드린다.

차 례

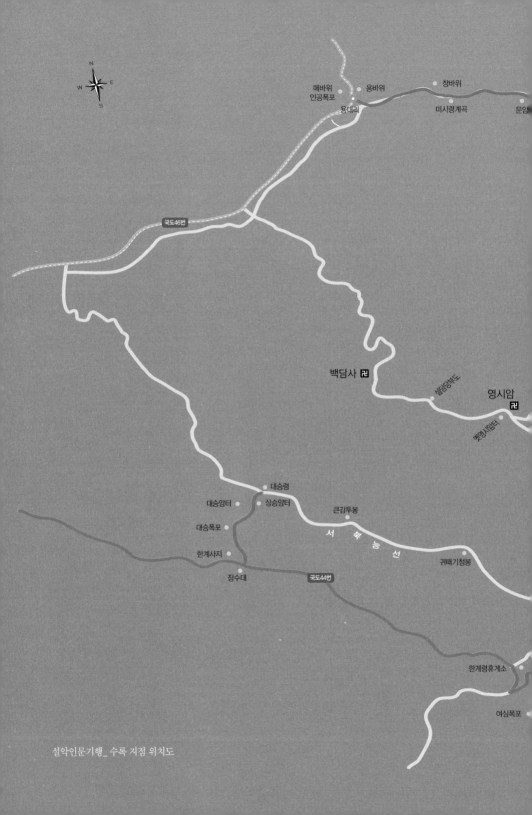

설악인문기행_수록 지점 위치도

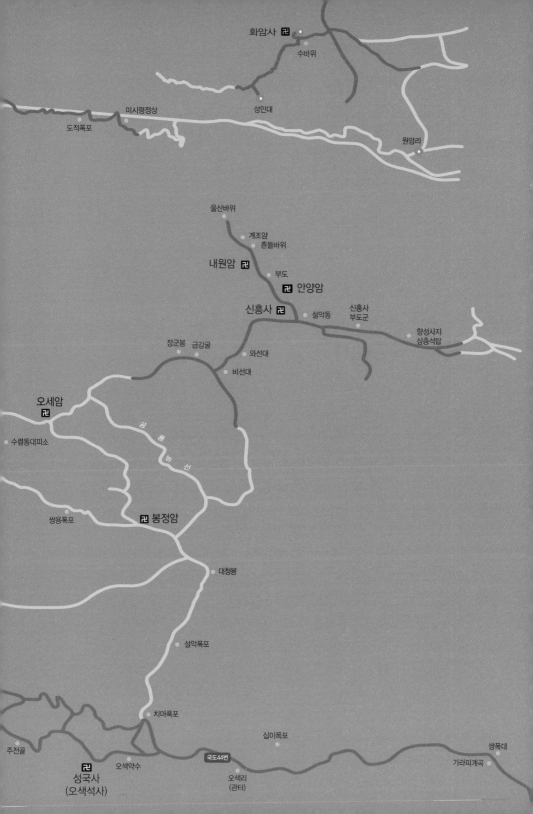

1

바람의 산,
천후산 가는 길

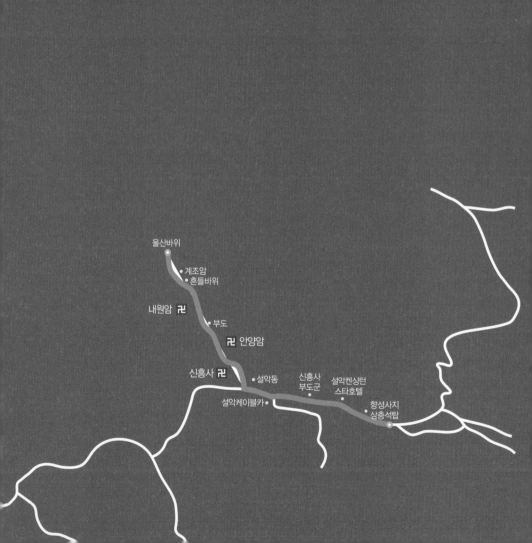

울산바위

• 계조암
• 흔들바위

내원암 卍

• 부도

卍 안양암

신흥사 卍

• 설악동   신흥사   설악켄싱턴
              부도군   스타호텔
• 설악케이블카   향성사지
                          삼층석탑

바람의 산, 천후산 가는 길

안탕산폭포는 웅장함을 사양해야 하리

미시령 넘을 때는 잔뜩 찌푸리더니 설악동 입구부터 비가 내린다. 맥이 풀린다. 소풍날 기다리듯이 손꼽아 기다렸는데 야속하기조차 하다. 비가 내리는 설악동은 그래도 붐빈다. 설악산을 대표하는 곳 이어서인지 관광버스가 계속 꼬리를 물고 들어간다. 고등학교 2학년 때 이곳을 처음 찾았다. 교복을 입고 수학여행 중이었다. 컴컴한 밤에 도착하여 한 방에서 수십 명씩 잠을 자고, 흔들바위까지 갔다 온 기억만이 남아있을 뿐이다. 참! 신흥사도 들렀던 것 같다.

잠시 몇 십 년 전으로 돌아가 미소를 짓고 있는데 동행한 분이 잠깐 내리라고 한다. 비는 소강상태다. 남쪽을 가리키며 흔히 볼 수 없는 절경이니 자세히 보라고 한다. 계곡 건너 산은 물을 짙게 머금고 있는데 산 밑에서 안개가 피어오른다. 많이 보던 산수화 같다. 폭포를 찾아보란다. 자세히 보니 산꼭대기서 한 줄기 물줄기가 곧게 아래로 드리워져있다. 토왕성폭포며 평상시에는 볼 수 없는 경치고, 비가 많이 왔을 때만 멀리서 확인할 수 있다고 들떠 말한다. 토왕성

폭포에 대해서는 많이 들어왔지만 멀리서 육안으로 보는 것은 처음이다. 지나가던 사람도 사진기를 누르기에 바쁘다. 그런데 피어오르던 안개 속으로 폭포는 바로 숨어버린다. 비록 잠깐 동안의 만남이었지만 비를 원망했던 마음은 어느새 사라져버렸다.

토왕성폭포는 칠성봉(七星峰) 북쪽 계곡에서 발원한 물이 토왕골을 흐르면서 만든 폭포다. 주변을 둘러싼 봉우리들이 급경사를 이루며 둘러싼 바위벽 한가운데로 3단을 이루면서 떨어진다. 설악산을 대표하는 3대 폭포 가운데 하나로 꼽힐 만하다.

『여지도서』를 보면 '토왕성(土王城)'에 대해 부(府) 북쪽 50리 설악산 동쪽에 있으며, 옛날에 토성왕이 돌로 성을 쌓았는데, 그 흔적이 아직도 남아 있고, 폭포가 석벽사이로 천 길이나 날아 떨어진다고 기록하고 있다. 김창흡은 1711년에 「동유소기(東遊小記)」를 남겼는데, 토왕성 폭포에 대한 기록이 자세하다.

> 토왕성(土王城) 폭포는 식당암(食堂巖)에서 10여리쯤에 있다. 큰 벼랑에 구름이 걸려있고, 폭포는 가운데로 떨어지는데, 쪼갤 듯한 기세로 떨어진다. 절벽은 넓게 펼쳐져있고 떨어지는 물은 꺾어지지 않아 기세가 매우 힘차 최고다. 한계폭포의 명성만이 우열을 다툴 수 있다. 높이는 수 천 장일뿐만 아니니, 여산폭포(廬山瀑布)를 읊은 '바닷바람은 끝없이 불어오고, 강의 달이 비추니 도리어 고요하다[海風吹不斷, 江月照還空]'는 구절은 이 폭포에 해당된다. 동쪽 바다와의 거리는 20리가 안 되기 때문이다. 기우제를 지낼 때 그 정상에 올라가는 사람이 있는데 수원(水源)이 풍부하여 가뭄에도 물길이 끊긴 적이 없기 때문이다. 예전에 이곳을 다녀간 사람들은 지금처럼 길을 따라 올라가서 대충 한 차례 장대하다 말하였을 뿐 감추어진 것을 드러내어 알리지 않았다. 내가 오래도록 머

무르며 북쪽 마주하는 곳을 자세히 살펴보니 언덕이 하나 있는데, 잡고 올라갈 수 있다. 만약 꼭대기에 올라가 대(臺)를 하나 만든다면 영동(嶺東)에서 제일의 장쾌한 볼거리가 될 것이다.

토왕성폭포를 사실적으로 묘사한 보고서라 할만하다. 중국을 대표하는 폭포인 여산폭포와 필적할만하다는 평가는 중국 것을 무조건 숭상하는 사람들에게 토왕성폭포를 한번 보고서 말하라고 꾸짖는 것 같다. 당시에 토왕성폭포는 널리 알려지지 않았던 것 같다. 지역민들은 기우제를 지내기 위해 이곳을 찾곤 했지만, 외부로 알리는 것에 신경 쓰지 않았다. 김창흡을 만나고서 비로소 알려지기 시작했다. 한동안 탐방로가 아니어서 쉽사리 접근하기 어려웠다. 그저 멀리 바라보면서 애타는 마음을 달랠 수밖에 없었다. 짝사랑은 2015년 12월에 개방되면서 끝났다.

김시보(金時保, 1658~1734)는 토왕성폭포를 바라보며 시를 한 수 남긴다.

멀리서도 기이한 모습 볼 수 있으니 百里看奇勢
천 길 하늘 가운데서 나부끼누나 千尋半空
흩날리는 눈에 추위가 에워싸고 孤寒帶飛雪
홀연히 회오리바람 일어나네 歘起閃回風
안탕산은 누가 자기보다 나은 걸 알까 鴈宕知誰勝
용연(龍淵)은 웅장함을 사양해야 하리 龍淵讓爾雄
석양에 나머지 물 질탕하게 흘러드는데 餘湥蕩斜日
옛 성 동쪽엔 무지개가 에워싸네 虹匼古城東

안탕산은 중국 동남지방의 명산이다. 이 산은 기이한 봉우리와 폭포로 예전부터 유명했는데, 영봉(靈峰)과 영암(靈岩), 대용추(大龍湫)가 '안탕 3절'이다. 높이 197m의 대용추 폭포는 중국 4대 폭포 중 으뜸으로 꼽힌다. 시에서 용연(龍淵)은 안탕산에 있는 폭포를 말한다. 아마도 당시 조선시대 사람들은 폭포를 이야기하면 안탕산의 폭포를 들곤 했던 것 같다. 김시보는 그런 사람들에게 안탕산의 폭포보다 설악산의 토왕성폭포가 더 웅장하니 한번 보고난 후에 이야기 하라고 꾸짖는다.

설악동에서 바라본 토왕성폭포

신흥사의 전신, 향성사(香城寺)

설악동으로 더 들어가면 오른쪽에 '켄싱턴스타호텔'이 있다. 대부분 설악산을 찾는 사람들은 호텔을 지나치고 주차장으로 달려간다. 그러나 가던 길을 멈춰야 한다. 호텔 입구 맞은편을 봐야한다. 길가에 쓸쓸히 삼층석탑이 서 있다. '향성사지 삼층석탑'이다. 권금성을 배경으로 서 있는 삼층석탑은 아주 오래된 옛 이야기를 들려준다.

『건봉사급건봉사말사사적』에 의하면 신라 진덕여왕 6년인 652년에 자장율사(慈藏律師)가 향성사를 창건한다. 이때 구층석탑과 불사리를 봉안했다. 계조암(繼祖庵)과 능인암(能仁庵)도 함께 세운다. 효소왕 7년인 698년에 향성사와 능인암이 소실된다. 효소왕 10년인 701년에 의상조사(義湘祖師)는 향성사를 능인암터에 중건하고 선정사(禪定寺)라 개칭한다.

신라 땅 북쪽에 지은 향성사는 탑만 남아서 향성사의 역사를 알려준다. 구층석탑은 언제부터인지 삼층석탑이 되었다. 1966년에 해체보수하였는데, 이때 사리공이 발견되었으나 내용물은 없어진 뒤였다. 이 해에 보물 제443호로 지정되었다. 삼층석탑은 전형적인 신라석탑의 형태를 띠고 있는 것으로 평가 받고, 동해안에서 가장 북쪽에 위치한 신라시대의 석탑이 되었다.

향성사지 석탑은 더 이상 말이 없다. 다만 탑의 규모로 보아 향성사가 큰 절이었음을 추측할 수 있다. 석탑은 천 여 년의 세월을 묵묵히 설악동 입구를 지키고 있다. 설악산을 찾는 수많은 사람들을 지켜보았으니, 설악산의 산 증인이며 설악산의 지킴이라고 해도 과언

향성사지 삼층석탑

이 아닐 것이다. 그러므로 주차장으로 내달리기 전에 탑 앞에서 잠시 경건한 마음을 갖는 것이 석탑에 대한 예의다.

신흥사의 역사를 말해주는 부도

주차장은 만원이다. 몇 바퀴를 돌다가 겨우 자리를 잡았다. 매표소를 통과한 사람들은 큰 길을 따라 무리를 지어 올라간다. 상당수는 케이블카를 타고 권금성으로 향한다. 나머지는 신흥사를 경유하여 울산바위로 가거나 비선대로 향한다. 그전에 잠시 들려야 할 곳이 있다. 매표소 오른쪽에 있는 부도군(浮屠群)이다. 이곳에 부도와 비석 등이 모여 있다.

공식 명칭은 신흥사 부도군이며, 강원도 문화재자료 제115호이다. 원당 모양의 부도와 석종 모양의 부도가 대부분인데, 신흥사가 중건된 이후 역대 고승들의 부도와 비석이 촘촘히 서 있다.

부도의 주인공은 월암당(月巖堂), 벽담당(碧潭堂), 대원당(大圓堂), 계송당(桂松堂), 소연당(笑蓮堂), 향서당(向西堂), 은해당(隱海堂), 용암담(龍岩堂), 동파(東坡), 관허당(貫虛堂), 성곡당(聖谷堂), 해암거사(海岩居士) 등이다. 이름을 알 수 없는 부도들도 자리를 함께 하고 있다. 비석은 벽파당대선사비(碧波堂大禪師碑), 대원당대선사비(大圓堂大禪師碑), 용암당대선사비(龍巖堂大禪師碑), 신흥사사적비(神興寺事蹟碑), 김수영공적기념비(金壽永功績紀念碑) 등이다.

용암당대선사비(龍巖堂大禪師碑)의 이수는 두 마리의 용이 여의주를 중심으로 구름 사이를 나는 모습이 새겨져 있다. 측면에는 도깨비가 새겨져 있다. 비문을 쓴 사람은 이복원(李福源, 1719~1792)인데, 그는 양구현감을 지내던 중인 1753년에 인제에서 살인사건이 있어 사건처리를 위해 인제에 왔다가 설악산을 유람하고 「설악왕환일기(雪嶽往還日記)」를 남기기도 했다. 그는 봉정암과 오세암을 거쳐 영시암터를 둘러보고 용대리로 나왔다. 용암대사는 선정사(禪定寺)가 불타자 아래로 내려가 절을 짓고 신흥사라 이름을 바꿀 무렵, 선정사터에 절을 짓고 내원암(內院庵)이라 개칭한 분이다. 비에 새겨진 명(銘)이 마음에 남는다.

  선사를 모르는데 我不識師
  명을 어떻게 지겠냐만 銘奚以爲
  선사의 게를 보니 見師之偈
  선사를 뵙는 것과 같네 如眞見師
  동쪽에 설악산이 있고 東有雪山

용암당대선사비

용암당대선사비

동해는 이웃에 있네 桑海其隣

이에 선사의 명을 지으니 銘師於是

이 또한 오래된 인연이리라 是亦夙因

비에 글씨를 써 준 사람이 눈길을 끈다. 강세황(姜世晃, 1713~ 1791)은 시·서·화 삼절로 불린 서화가이자 평론가다. 한국적인 남종문인화풍(南宗文人畵風)의 정착에 크게 기여하였으며, 진경산수의 발전, 풍속화·인물화의 유행, 새로운 서양 화법의 수용에 많은 업적을 남긴 것으로 평가받는다. 비석에서 강세황의 이름을 찾아보는 것은 흥미로운 일이다.

비문 속 강세황 이름

신흥사부도군

대원당대선사비(大圓堂大禪師碑)는 1792년(정조 16)에 건립되었다. 규장각 직제학인 유언호(兪彦鎬, 1730~1796)가 지었는데, 그의 문집에도 글이 실려 있다. 공조참판 겸 오위도총부 부총관인 조윤형(曺允亨, 1725~1799)이 글씨를 썼다. 선사의 법명은 무외(無外)고 호는 대원당(大圓堂)이다. 국난을 당하여 남한산성을 지킨 공이 있어 벼슬을 주려하였으나 사양하고 설악산에 들어와 일암대사(日庵大師)의 제자가 되었다. 선사는 불경 및 기타 서적에 깊은 지식이 있었고 면벽수련으로 도가 높았다. 신해년(辛亥年) 7월에 극락암에서 입적하였는데 세수(世壽)가 78세였고, 출가한지 60년이었다. 입적하기 전에 대중에게 말한 "나는 장차 입적할 것이다. 글을 지어 나를 얽매이지 말라,"라는 구절이 귀에 울린다. 선사를 기린 글도 아름답다. "설산(雪山)은 우뚝 솟고 보주(寶珠)는 영롱하여, 천만년 후에도 고결함이 잊혀지지 않으리라."

신흥사사적비(神興寺事蹟碑)는 1824년에 건립되었다. 벽파당대선사비(碧波堂大禪師碑)에 큰 눈망울과 주먹코를 한 도깨비가 새겨져 있다. 비문을 쓴 사람은 홍경모(洪敬謨, 1774~1851)로 강원도관찰사를 역임한 바 있다.

권금성의 무너진 성가퀴

부도군을 지나니 넓은 광장이 나타난다. 휴일이라 인산인해다. 요즘은 광관지에서 중국 관광객들을 쉽게 볼 수 있는데 여기도 그렇다. 내설악에서는 쉽게 볼 수 없는데 아마도 설악동은 접근이 쉬워서인 것 같다.

설악동을 찾는 많은 사람들은 케이블카를 타고 권금성으로 향한다. 권금성은 외설악에서 설악을 제대로 구경할 수 있는 전망이 좋은 곳이다. 권금성은 신라 때 권씨와 김씨의 두 장군이 난을 피하고자 쌓은 성이라고 한다. 또 다른 이야기도 있다. 고려 고종 40년인 1253에 몽고의 침입을 막기 위해 세워졌다고 한다. 정상 가까운 곳에 터만 남아 있는데 예전에는 높이가 4척이었다고 한다. 『신증동국여지승람』은 이렇게 적고 있다.

설악산 정상의 석성으로 둘레가 1,112척이고, 높이는 4척이다. 지금 은 반쯤 남았을 뿐이다. 세상에 전하기를 예전에 권씨, 김씨 두 집이 이 곳으로 피난했기 때문에 권금성이라 이름 붙였다. 낙산사 기록에 몽고 침입으로 이 고을에서는 설악산에 성을 쌓아서 방어하였다고 한다.

권금성

양양부사를 지낸 적 있는 이해조(李海朝, 1660~1711)가 양양을 대표하는 30개 경치를 읊은 「현산삼십영(峴山三十詠)」에 '권금성의 무너진 성가퀴[權金殘堞]'가 들어 있다.

옛날 권씨와 김씨 난리를 피했으니　權金昔逃難
오래된 성에 무너진 성가퀴 남아있네　殘堞餘古壘
토왕성(土王城)과 마주하니　對峙土王城
멀리 폭포수 보이는구나　遙望瀑布水
어느 시대에 전쟁 없었으랴만　何代無兵戈
몸 감출 땅 찾기 어렵네　難得藏身地
상산(商山)은 설악산과 함께　商山與雪岳
사호(四皓)와 두 자손 남겼네　四皓後二子

중국 진시황 때 난리를 피하여 산서성의 상산(商山)에 들어가서 숨은 네 사람의 선비를 상산사호(商山四皓)라 하는데, 모두 눈썹과 수염이 흰 노인이어서 이렇게 불렀다. 상산은 사호를 남겼듯이, 설악산은 권씨와 김씨를 남겼고, 지금도 설악산을 찾는 사람은 권씨와 김씨를 찾는다. 그러나 왜 그들이 설악산에 들어와 성을 쌓았는지에 대해선 관심이 없다.

케이블카를 지나자 거대한 청동대불이 모습을 드러낸다. 청동대불좌상은 분단된 민족의 통일염원을 담아 10년간의 공사 끝에 1997년 10월 25일 점안을 했기 때문에 통일청동대불이라고 부른다. 높이는 아파트 6층 높이의 14m로 청동대불을 조성하는데 108톤의 청동이 소요되었고, 청동대불 안에는 부처님 진신사리와 다라니경 등 유물이 봉안되어 있다. 예전에 신문에서 동양 최대의 불상이라고 대대적으로 보도했었다. 불상뿐만 아니라 철로 만든 등도 엄청나다. 불상 앞에 있는 사람은 왜소하게 보이고, 불상 뒤에 있는 산도 언덕으로 보일 정도다. 보는 사람마다 각기 다를 것이다. 어떤 사람은 외경심을 갖고 절로 고개를 숙이며 불공을 드릴 것이고, 어떤 사람은 큰 불상과 주변의 부조화를 지적할 것이다. 이곳은 인간의 욕망을 보여주는 곳이기도 한다. 권금성의 케이블카에 대해서도 찬반이 갈라질 것이겠지만, 쉽게 정상에 올라 비경을 구경하고픈 욕망을 부정하지는 못할 것이다. 그러나 그것은 아래부터 땀을 흘려가며 올라가서 보는 쾌감과는 질적으로 다르다. 불상의 경우도 가장 큰 것을 소유함으로써 과시하려는 욕망을 숨기기 어려울 것이다.

통일청동대불

신흥사, 신이 점지해준 길지

청동대불을 지나니 세심교다. 혼탁한 마음을 씻는 곳이다. 날마다 세수를, 아니 세안을 하면서도 세심에 대해서는 생각해 본적이 없었다. 붐비는 인파 속에서 잠시 다리 아래로 흐르는 물을 보며 욕심에 찌든 마음을 흘려 보내려고 했지만 쉽게 되지 않는다. 세심도 세수하듯 늘 해야 하는데 어찌 한순간에 쉽게 할 수 있으랴. 숲 사이로 신흥사가 나타난다.

호텔 부근에 있던 향성사에 화재가 나자 의상조사(義湘祖師)는 현재 내원암 자리인 능인암터에 중건하고 선정사(禪定寺)라 개칭한다. 그 후 946년간 수많은 선승들이 이곳에서 수도 정진하여 왔으나 조선 인조 20년인 1642년에 화재가 발생하여 소실된다. 2년 후 영서(靈瑞), 혜원(惠元), 연옥(蓮玉) 세 고승이 중창을 서원하고 기도 정진 중 비몽사몽간에 백발신인이 나타나서 지금의 신흥사 터를 점지해 주었다. "이곳은 누 만대에 삼재가 미치지 않는 신역(神域)이니라"라고 말씀 하신 후 홀연히 사라졌다. 점지해준 터에 절을 중창하니 지금의 신흥사이다. 신인(神人)이 좋은 터를 점지해 주어 흥성하게 되었다는 뜻의 신흥사(神興寺)는 이후 지역사회에서 새로운 바람을 일으키자 신흥사가 과거의 신흥사가 아니라 새로운 신흥사가 되었다며 신흥사의 귀신 신(神) 자를 시대에 맞게 새로울 신(新) 자로 고쳐 사용하자는 중론이 일어났다. 그리하여 1995년부터 영동불교를 새로 일으킨다는 서원을 담아 신흥사(新興寺)로 바꾸어 오늘에 이르고 있다.

1657년에 강원감사였던 유창(兪瑒)의 「관동추순록(關東秋巡錄)」을 보면 신흥사에 들려 저녁을 먹었다는 기록이 보인다. 그는 신흥사를 지나 비선대에서 노닐다 신흥사로 돌아와 저녁을 먹고 계조암으로 향한다. 1705년에 김창흡은 이곳에 들려 「신흥사에서 저녁에 거닐다」란 시를 짓는다.

비선대에서 돌아오니 새도 나무로 자러가고 　仙童歸後鳥投松
빈 경내서 한가로이 거니니 귀엔 종소리 가득 　散步虛庭滿耳鍾
머리 돌려 가마 지나온 곳 바라보니 　回首筍輿穿歷處
달 주변엔 근엄한 봉우리들 촘촘히 늘어섰네 　月邊森列儼千峯

신흥사를 찾은 사람들은 대부분 비선대나 울산바위를 구경하기
위해서였다. 유창과 김창흡도 마찬가지다. 김창흡의 시는 깊은 밤
신흥사의 모습을 보여준다. 설악산에 달뜨자 주변은 온통 산이다.
아마도 권금성 부근의 산을 보았던 것 같다. 텅 빈 마당에서 거닐고

신흥사 돌담

있는데 종소리가 울려퍼진다. 종소리는 앞산으로 갔다가 다시 되돌아오며 계곡 전체에 울렸을 것이다. 그 속에서 서성이는 김창흡의 모습이 보이는 듯하다. 신흥사 경내 구경은 잠시 뒤로 미룬다. 신흥사 돌담을 구경하며 사천왕문 앞을 지나갔다.

내원암 길목에서 부도를 만나다

신흥사 담이 끝나고 다리를 건너니 안양암(安養庵)이다. 1785년(정조 9년)에 지었다. 지금은 말끔하게 단장하여 고풍스런 분위기를 찾기 힘들다. 등산로는 계곡과 사이좋게 가다가 숲 속으로 슬며시 들어간다. 화살처럼 쏟아지던 햇살은 숲으로 들어오자 힘을 쓰지 못한다. 맹렬한 기세는 나뭇잎을 통과하면서 부드러운 나무순이 되었다. 갑자기 서늘한 바람이 불어온다. 모자를 벗으니 머리가 맑아지는 것 같다. 흐르던 땀도 이내 사라진다. 숲 밖은 붉은 태양 아래서 치열하게 싸우는 거칠고 투박한 날 것 그대로의 삶의 현장이라면, 숲 속은 마음을 가라앉히고 삶을 관조하는 공간이다. 그렇게 해야 할 것 같다. 눈을 사납게 뜨고 쏘아보는 긴장의 끈을 놓아야한다.

숲 속엔 부도가 긴 세월을 통과하면서 사색하고 있다. 두 기의 부도가 가만히 그리고 나란히 앉아 있다. 부도의 주인을 알 수 없다. 그래서 무명(無名) 부도라 부른다. 대체로 주인을 알 수 있는 부도들이 더 많다. 그러나 왠지 부도는 무명 부도가 어울릴 것 같다. 이름 하나 남기려고 아등바등하는 속세의 중생들과 달라야하지 않을까? 알량한 명예욕을 가볍게 무시해야할 것 같다. 바람이 일면서 나뭇잎이 흔들리자 종모양의 부도 위에서 햇살이

내원암 입구에 있는 부도

춤을 춘다. 반짝거리면서 뭐라고 말을 거는 것 같다. 그러나 미망 속에 살고 있는 나는 알아듣지 못한다. 작은 움직임 속에서 깨달음을 얻고서 노래하며 하산하는 사람도 있겠지만, 나는 부도를 향해 합장하고 존경의 마음을 보낼 뿐이다.

숲 속의 등산로는 계속된다. 형형색색의 등산객들로 만원 지하철이다. 숲은 더 이상 사색을 허락하질 않는다. 고요한 바람소리는 사라진지 오래다. 깔깔 웃음소리와 저벅저벅 발자국 소리. 하긴 즐거울 것이다. 아수라장 같은 곳을 피해 이곳으로 왔으니 어찌 즐겁지 아니하랴. 숲 속 여기저기에 미리 자리 잡은 아저씨 아줌마들은 싸온 음식을 먹고 마시느라 분주하다. 청량한 숲은 어느새 식당의 훈훈한 냄새를 풍긴다.

등산로 오른쪽에 있는 부도가 다시 지나는 속인들을 바라본다. 무명부도도 있지만 가슴에 이름을 새긴 부도도 보인다. 비석을 지고 있었는지 거북이 모양의 귀부도 보인다. 돌로 쌓은 단 위에 나란히 서 있는 부도들은 부산한 등산객들의 잡담에 귀 기울이는 것 같기도 하다. 용맹전진 도를 닦다가도 가끔은 속세의 소식이 그리울 것이다. 시끄러움 속에서 부도들은 편안하고 즐거운 모습이다. 간혹 부도를 알아보고 사진 찍는 이들을 위해서 모델이 되는 것을 거부하지 않는다. 성(聖)과 속(俗)이 한바탕 시끄러움 속에서 어우러진다.

내원암에서 한숨 자고 싶다

부도를 지나 조금 올라가자 등산로 왼쪽에 내원암(內院庵)이 자리 잡고 있다. 수수한 모습으로 조용히 있어서 대부분 그냥 지나친다. 암자를 본 사람도 입구에 놓여있는 조그만 다리를 보곤 대부분 발길을 돌린다. 어린이가 만든 것처럼 정겨운 시멘트 다리다. 그래서인지 이상하게도 시멘트의 무미건조함이 없다. 다리 가운데는 솟아올랐다. 나도 모르게 웃음이 나온다. 다리를 놓는 비용을 대준 사람인지 교각에 이름이 새겨져 있다. 글씨도 다리처럼 기교가 전혀 없다. 다리를 건너면 오른쪽에 불상을 모셔놓은 건물이 바위 때문에 더 조그맣게 보인다. 퇴락한 느낌을 줄 정도로 수수하다. 암자로 향해 비스듬히 굽어진 길은 흔히 볼 수 있는 시골의 오솔길이다. 점점 호기심이 발동한다. 대체 어떤 암자일까? 암자와 연결된 길은 돌계단을 만들면서 사라진다. 양 옆은 시골 담이다. 경내라는 표현보다 마당이 어울린다. 마당에는 커다란 나무가 서 있고 법당 뒤로 삼신각이 숨어 있다.

내원암

내원암

그뿐이다. 시골 친구 집에 놀러온 것 같다. 요즘의 사찰은 지나치리만큼 대형화되어 간다. 그런데도 만족하지 못하고 계속 중창불사 중이다. 게다가 주변을 압도할 정도로 호화찬란하다. 지나치게 울긋불긋한 단청에 늘 마음이 편치 않았다. 그런데 내원암은 그러한 것을 찾을 수 없다. 서늘한 법당에 누워 한바탕 자고 싶은 충동이 일어날 정도다. 이렇게 편안한 느낌을 주는 절을 본 적이 없다. 지옥 같은 현실에서 죽지 못해 하루하루를 사는 중생들에게 이러한 절이 필요하지 않을까? 편한 휴식을 주는 공간, 절대로 긴장할 필요가 없는 곳. 거기다가 법당 지붕 위로 울산바위가 하얗게 웃고 있다. 권금성쪽 산세도 앉아서 감상할 수 있다.

『건봉사급건봉사말사사적』에 의하면 신라 진덕여왕 6년인 652년에 자장율사(慈藏律師)가 향성사를 창건할 때 계조암(繼祖庵)과 능인암(能仁庵)을 세운다. 698년에 향성사와 능인암이 소실되자, 701년에 의상조사(義湘祖師)는 향성사를 능인암터에 중건하고 선정사(禪定寺)라 개칭한다. 이때부터 이곳은 설악산 내의 대표적인 미타도량이 되어 수많은 기도객들이 찾아들었고 그 명맥이 천년 가까이 이어져 왔다. 인조 20년인 1642년에 선정사가 불타고, 그 후신으로 현재의 신흥사를 짓자, 1644년에 용암(龍巖) 스님이 선정사의 옛터에 암자를 짓고 내원암이라 하였다. 이후로도 화재와 중건은 반복되었고, 현재의 내원암은 1936년의 화재로 전소된 뒤에 중건하였다.

추억으로 이끄는 흔들바위

깜깜한 운동장으로 버스 열두 대가 헤드라이트를 켜고 들어오면서 수학여행은 시작되었다. 며칠 동안 어디를 돌아다니며 수학했는지 또렷하진 않다. 인과관계 없는 몇 장면만이 지나간다. 밤늦게 송광사에 도착해 허겁지겁 밥을 먹던 장면이 제일 먼저 떠오른다. 경주에도 들렀다. 새벽에 석굴암으로 걸어가는데 왜 그리 멀고 힘들었는지. 마지막 장면은 설악산이다. 설악동 어느 여관에서 잤다. 오전 코스는 흔들바위까지 갔다 오기. 말로만 듣던 흔들바위를 보기 위해 거의 뛰다시피 했다.

내원암에서 한참 머뭇거리다가 흔들바위로 향했다. 조선시대 김유(金楺)는 1709년에 이곳에 들렀다. "동쪽에 있는 석대(石臺)는 100여명이 앉을 수 있다. 북쪽 치우친 곳에 크고 둥근 돌이 있는데, 스님이 말하길 이것이 흔들바위로 여러 사람이 밀면 쉽게 흔들리지만 1천여 명의 힘으로도 더 흔들 수 없다고 한다. 시험 삼아 해보니 과연 그러하다." 흔들바위는 옛날부터 유명했다. 점잖은 선비들이 진짜인지 시험해볼 정도였다. 갓 쓴 점잖은 선비가 바위 흔드는 장면을 생각하니 웃음이 나온다. 수학여행 때는 흔들지 못했다. 이번에는 한번 시험해보려고 했으나 울긋불긋 선남선녀가 사진 찍는 중이라 접근할 수 없다.

바위는 온통 글씨가 차지하였다. 인간의 명예욕에 대해 다시 생각해 본다. 명예욕은 분명히 속세를 살아가는 사람들에게 더 나은 삶을 위한 추동력이 될 수 있고, 자신을 검속하는 보이지 않는 구속력이기도 하다. 그러나 명예욕은 반대로 이끄는 경우가 더 많은 것 같다.

고전을 연구하는 학인의 입장에서 볼 때 돌에 새겨진 글씨는 첫사랑처럼 반갑다. 그 시대의 알려지지 않은 이야기를 들을 수 있기 때문이다. 안석경(安錫儆, 1718~1774)의 경우는 바위에 새겨진 할아버지의 이름을 발견하곤 감격하였다. 그는 1760년 설악산 일대를 유람하고 「후설악기(後雪岳記)」를 남겼는데, "계조암 앞에 석문(石門)이 있고 문 앞에 10여 장되는 넓은 바위가 있다. 천후산을 마주하고 있는데 바위 위에 입석(立石)이 있다. 할아버지 죽애공(竹涯公)의 이름이 새겨진 것을 쳐다보고 공경하는 마음으로 올라가보니 슬프면서도 감격스러운 것이 새롭다."라고 적었다.

할아버지인 죽애공(竹涯公) 안후(安垕, 1636~1710)의 자는 자후(子厚)이고, 양양부사를 역임한 적이 있었다. 바로 '양양부사안후(襄陽府使安垕)'가

흔들바위 아랫부분에 새겨져 있는 것이 아닌가. 얼마나 감격스러웠 겠는가? 흔들바위를 자세히 살펴보니 함께 오른 사람이 옆에 새겨져 있다.

관찰사觀察使 권시경權是經
강릉부사江陵府使 신후명申厚命
양양부사襄陽府使 안후安垕
간성군수杆城郡守 정수준鄭壽俊
무진戊辰 4월四月 망일望日

권시경(權是經, 1625~1708)은 1675년 증광문과에 병과로 급제하여 도당록(都堂錄)·홍문록(弘文錄)에 오른 후, 1684년 승지를 거쳐 함경 도관찰사가 되었으며, 이듬해 충청도관찰사가 되었다. 이어서 1687년

흔들바위

에는 강원도관찰사가 되어 홍천(洪川)에 설치한 궁장(宮庄)이 크게 백성의 폐해가 됨을 들어 폐지하기를 청한 기록이 조선왕조실록에 보인다. 신후명(申厚命, 1638~1701)은 1666년 별시문과에 병과로 급제하여, 이듬해 승문원부정자로 처음 벼슬길에 올라 강릉부사를 거친 후 1689년에 강원도관찰사가 되었다. 간성군수(杆城郡守) 정수준(鄭壽俊)은 『강원도지』의 간성군 군선생에 이름을 올려놓았다. 무진년(戊辰年)은 1688년이니, 이 때 네 사람이 동행한 것을 기념하기 위해 흔들바위에 이름을 새긴 것이다.

내설악 구곡담계곡에서 삼연 김창흡이 거처했던 '멸영암(滅景庵)'을 찾기 위해 이곳저곳을 살피다가 바위에 새겨진 글씨들을 발견한 적이 있었다. 네 곳에 글씨가 새겨져 있는데, 그 중 계곡 한가운데 있는 바위에도 글씨가 새겨져 있었다. 아랫부분이 물속에 잠겨서 제대로 파악할 수 없었는데 정원용(鄭元容, 1783~1873) 이름부터 물속에 잠겨 있다. 정원용의 이름은 온전하게 드러나지 않지만 순사(巡使)라는 벼슬이 단서를 주었다. 오세암에도 이름을 새겨놓았다. 그는 순조 27년인 1827년 3월에 강원도 관찰사가 되었다. 이듬해 도내의 폐단과 그 대책 12조를 아뢰기도 했다. 그러니 그가 설악산에 온 것은 1827년에서 1828년 사이다. 그의 본관은 동래(東萊). 자는 선지(善之), 호는 경산(經山)이다. 1802년(순조 2) 정시문과에 급제, 가주서·검열·부응교·이조참의·대사간 등을 지냈다. 1831년 동지사로 청나라에 다녀왔으며, 예조판서·이조판서·우의정·좌의정을 거쳐 1848년 영의정이 되었다. 저서로 『경산집』·『황각장주(黃閣章奏)』,『북정록(北征錄)』,『문헌촬요(文獻撮要)』등이 있다.

흔들바위를 이고 있는 너럭바위에 오르니 정원용 이외에도 수많은 사람들이 섞여있다. 남공철(南公轍, 1760~1840)의 이름이 또렷하게 보인다. 그

흔들바위 바위글씨

는 조선 후기 문신으로 정조의 문체반정 운동에 동참했고, 그 뒤 순정한 육경고문(六經古文)을 깊이 연찬함으로써 정조 치세에 나온 인재라는 평을 받았다. 평소 김상임(金相任)·성대중(成大中)·이덕무(李德懋) 등과 친하게 지내면서 독서를 좋아했고, 경전의 뜻에 통달했다. 구양수(歐陽修)의 문장을 순정(淳正)한 법도라 하여 가장 존중했고, 많은 금석문·비갈을 남긴 당대 제일의 문장가였다. 그는 1799년에 강원도관찰사가 되었는데 아미 이때 이곳에 들렀던 것 같다.

김수현(金壽鉉, 1825~?)도 자신의 이름을 크게 새겨놓았다. 본관은 광산(光山)으로 1861년(철종 12) 정시(庭試)에 갑과로 급제하여 부사과와 대사간을 지냈다. 1864년(고종 1) 우승지가 된 뒤 이조참의·대사성·이조참판을 거쳐, 1866년 개성부유수로 재직 중 치적이 뛰어나 임기가 연장되고 가자(加資)되었다. 뒤에 병조판서·한성부판윤·함경도관찰사를 지냈다. 1872년에는 동지정사(冬至正使)로 청나라에 다녀와 혼란한 대내외 사정을 알렸다. 후에 예조판서·공조판서·이조판서와 의정부의 좌우참찬 등의 요직을 거쳤으며, 1894년 갑오경장 당시 제1차 김홍집(金弘集) 내각에서 의정부좌찬성으로 활약하였다.

서상정(徐相鼎, 1813~1876)도 보인다. 그는 1834년 진사과에 합격하고 전부(典簿)를 지냈다. 1848년 증광별시문과에 을과로 급제, 1859년(철종 10) 성균관대사성에 오르고 1866년(고종 3) 전라도관찰사로 병선(兵船)을 개수하여 군비를 정비하고, 세정(稅政)을 바로잡고 수재민을 구제하는 등 민정(民情)을 위무하는 데 힘썼다. 1870년 동지의금부사(同知義禁府事)를 거쳐 이조참판이 되고 동지부사(冬至副使)로 청나라에 다녀왔다. 1873년 대왕대비전의 존호를 높이는 데 참여하여 가자(加資)되고 그해 형조판서에 올랐다. 이어 병조판서·한성부판윤을 지냈다. 1875년 이후 형조판서·사헌부대사헌·한성부판윤·공조판서 등 내외 요직을 역임하였다.

조휘림(趙徽林, 1808~?)은 1829년 생원으로 정시(庭試) 병과에 급제하였다. 여러 관직을 거쳐 1839년(헌종 5) 충청우도 암행어사가 되었는데, 이 때 지방을 제대로 다스리지 못하는 서산군수 송재의(宋在誼) 등 11명의 지방관을 처벌하도록 하였으며, 1854년(철종 5) 대사성에 올랐다. 1860년 이조참판에 취임하였다가 같은 해 형조판서로 영전하였으며, 1864년 교정청당상관이 되어 『동문휘고(同文彙考)』를 속간하였다. 1870년(고종7) 예조판서, 판의금부사(判義禁府事), 이조판서를 지냈으며 이듬해에 공조판서를 지냈다. 1872년에 다시 예조판서와 형조판서를 지냈으며 1874년에 이르기까지 예문관 제학, 홍문관 제학, 형조판서, 판의금부사 등을 역임하였다.

강시환(姜時煥, 1766~?)의 본관은 진주(晉州)다. 그는 1789년(정조 13) 식년문과에 병과로 급제하여 1811년(순조 11) 양양부사와 장령을 지내고 1825년 헌납이 되었다. 1836년(헌종 2) 부사직으로 있으면서 순조비 김씨의 수렴청정(垂簾聽政)을 비난하고, 성학(聖學)의 권장, 빈민의 구제, 기강의 확립, 재용(財用)의 절약, 군정의 충실, 과거제 폐단의 혁파 등 6개 조목의 시정책을 상소하였다가 국정을 모독하였다는 죄로 섬에 유배당하였다. 1840년에 헌종이 직접 정사에 임하게 되자 풀려났다.

나머지 바위에 이름을 새긴 사람의 약력을 간단히 조사하여 기록한다.

흔들바위에 새겨진 이름

· 김의진(金義鎭): 정조(正祖) 19년(1795) 식년시(式年試) 급제.

· 김일연(金逸淵, 1787 ~ ?): 순조(純祖) 10년(1810년) 식년시(式年試) 병과에 급제하였다.

· 손석조(孫錫祚): 순조(純祖) 7년(1807) 식년시(式年試) 급제.

· 심능규(沈能圭): 철종(哲宗) 10년(1859) 증광시(增廣試) 급제

· 심석규(沈碩奎): 순조(純祖) 25년(1825) 식년시(式年試) 급제

· 심순택(沈舜澤, 1824~?): 자는 치화(穉華). 본관은 청송(靑松). 1862년(철종 13) 예방승지(禮房承旨), 1874년(고종 11) 충청도관찰사를 거쳐 1878년 예조·형조·이조의 판서를 역임하였다. 1881년에는 개항 이후 개화자강정책(開化自強政策)을 추진시키기 위하여 신설, 개편하였던 통리기무아문(統理機務衙門)의 경리통리기무아문사(經理統理機務衙門事), 곧 율례사(律例司)의 당상경리사가 되어 사무를 관장하였고, 다시 기계군물함선당상(機械軍物艦船堂上)이 되어 신무기 제조 및 군사훈련을 청나라에 의뢰하는 한편 일본 군사시설의 시찰을 장려하였다.

· 심의진(沈宜晉): 순조(純祖) 22년(1822) 식년시(式年試) 급제.

· 이규한(李圭漢, 1890~?): 일제 강점기의 관료.

· 이상봉(李商鳳)과 아들 원명(元明): 이상봉은 영조(英祖) 49년(1773) 증광시(增廣試) 급제.

· 이원익(李遠翊): 조선후기 중앙관 호조참의(戸曹參議)로 1838년 임금이 직접 벼슬을 내림.

· 이응규(李應奎): 선조(宣祖) 15년(1582) 식년시(式年試) 급제.

· 이현도(李顯道): 정조(正祖) 1년(1777) 식년시(式年試) 급제.

· 조진행(趙鎭行): 헌종(憲宗) 1년(1835) 증광시(增廣試) 급제.

· 조형하(趙衡夏, 1858~?): 고종(高宗) 16년(1879) 식년시(式年試)에 급제.

· 한진동(韓震東)과 아들 면우(冕愚): 한진동은 고종(高宗) 31년(1894) 식년시(式年試) 급제.

· 홍종문(洪鍾聞, 1605 ~ ?): 효종(孝宗) 8년(1657년) 식년시(式年試) 급제. 1882년 임오군란 당시에 도봉소당상(都捧所堂上)으로 있었고, 군란의 책임을 지고 파면되었다. 1884년 우의정, 그뒤 좌의정을 역임하였고, 갑신정변이 실패로 끝난 뒤 새롭게 조직된 수구당내각에서 영의정에 올랐다.

민정용(閔正鏞), 박종순(朴宗淳), 백홍유(白弘裕), 송형진(宋瀅鎭), 윤명(尹溟), 윤제(尹濟), 윤준(尹浚), 윤지종(尹之鐘), 윤지현(尹之鉉), 이교항(李敎恒), 이백균(李伯均), 이석원(李碩源), 이약수(李若洙), 이영구(李永九), 이조연(李祚淵), 이주의(李周儀), 전원달(全元達), 조상란(趙相蘭), 조창교(趙昌敎), 지성규(池聖圭), 한광술(韓光述), 한헌교(韓憲敎), 함윤삼(咸允參), 함윤항(咸允恒), 홍성규(洪性圭), 홍순대(洪淳大)

흔들바위 바위글씨

계조암석굴에 앉으니 마음이 시원해지네

계조암은 흔들바위 바로 옆에 있다. 수학여행 왔을 때는 계조암이 있는지도 모르고 돌아갔다. 설악산 하면 흔들바위만 생각하던 시절이었다. 바위 사이에 설치된 계단을 올라가니 계조암 앞에 빨간 안내판이 설명해준다. 신라 652년(진덕여왕 6년) 자장율사(慈裝律師)가 창건했고, 이곳 석굴에 머물면서 향성사(香城寺)를 창건하였다고 한다. 동산(東山),각지(覺知), 봉정(鳳頂)에 이어 의상(義湘), 원효(元曉)등 조사(祖師)의 칭호를 얻을만한 승려가 이어져 수도하던 도량이라 하여 계조암(繼祖庵)이라는 이름이 붙여졌다. 석굴 법당은 목탁이라 불리는 바위에 자리 잡고 있어 다른 기도처보다 영험이 크다고 하는 목탁바위 전설이 전해 내려오고 있다고 알려준다. 이 암자는 본래 석굴사원의 형태를 지니고 있었으나, 지금은 석굴 내부에 원형으로 법당을 조성하고 아미타삼존불을 봉안하였다.

1672년 8월 18일. 윤휴(尹鑴, 1617-1680)는 금강산을 구경하고 내려오다가 설악산 계조굴(繼祖窟)에 들렀다. 바위에 나무를 걸쳐 처마를 만들어서 절을 지었다. 앞에 깎아지른 용바위[龍巖]가 서 있고, 아래는 활모양으로 된 바위가 집채 만한 바위를 이고 있다. 한 사람이 흔들어도 흔들흔들하여 흔들바위[動石]라고 부른다. 『백호전서(白湖全書)』에 실린 「풍악록(楓岳錄)」의 일부분이다. 윤휴는 석굴 안에 들어가 벽에 걸린 글을 읽었다.

"이 굴은 의상(義相)이 수도하던 곳이다. 동으로 동해를 바라보면 망망한 큰 바다에 해와 달이 떴다 잠겼다 한다. 남으로 설악을 바라보면 일천 겹 옥 같은 봉우리가 눈 안에 죽 들어온다. 안개 낀 중국의 동정호(洞庭湖)의 물결이 제아무리 장관이라 해도 일천 겹 옥 같은 봉우리가 있다고 들어보지 못했다. 중국의 여산(廬山)이 비록 도인(道人)들이 앞 다투어 찾는 곳이라지만 역시 만경창파가 없다. 그런데 여기는 모두를 다 겸비하고 있다."

윤휴는 자리가 비좁고 암자 모양도 왜소하여 경치 좋은 곳이라 할 수 없다며 혹평을 하면서도 글을 인용한 것을 보면 불교에 대한 거부반응 때문인 것 같다. 그는 불교도는 인간과 유리되고 세상과 동떨어진 일 하기를 좋아하면서, 그것을 고상한 것으로 여기고 있으므로 포악한 자에게 죽어도 마땅하다는 독설을 내뱉는다. 자기가 믿는 것만 옳고 다른 것을 인정하지 않는 모습이 안타깝다. 이런 극단적인 태도가 우리 사회를 분열시켜왔다.

석굴 안에 들어서니 서늘한 기운이 돈다. 천연 바위굴이기도 하지만 이 안에서 도를 닦던 수많은 수행자들의 결기 때문인 것 같기도

용바위 계조암

하다. 얼마나 비장한 마음으로 자신을 스스로 굴 속에 유폐시키고 채찍을 가했을까? 조사(祖師)의 칭호를 얻을만한 승려가 연이어 나오기도 했지만, 중간에 포기한 수행자들은 얼마나 많았을까? 깨달음의 여부를 떠나서 여기서 용맹정진했던 모든 분들의 고뇌와 고행은 존경받아 마땅하다. 작은 이로움에 쉽게 흔들리는 내가 부끄러울 따름이다.

정식(鄭栻, 1664~1719)의 자취도 이곳에 남아 있다. 그의 1704년 정언으로 노론의 거두인 조태채(趙泰采)·이이명(李頤命)을 탄핵하다가 파직되기도 했고, 수찬·교리로 조세징수법을 시정하여 간사한 벼슬아치들이 은폐한 전답을 색출, 과세할 것을 주장하고, 백성의 부담을 격감시키기 위하여 군포(軍布)를 운반 도중 도적질하는 부정 관리들을 엄중 단속할 것을 역설하기도 한 사람이다. 그의 「관동록(關東錄)」을 읽다보니 '돌문 바깥 돌에 큰

개조암석굴 앞 바위글씨

붓으로 호와 이름 네 자를 새겼다'라는 구절이 눈에 확 들어온다. 계조암 주변을 찾아보니 바위 모퉁이에 새겨져있는 것이 아닌가. 그는 「설악산 계조암을 생각하다」란 시도 남긴다.

정식(鄭栻) 옆에 김계하(金啓河, 1759~?)와 김계온(金啓溫, 1773~?)이 나란히 있다. 김계하는 어려서부터 학문에 힘써, 1798년(정조 22)에 춘당대친시(春塘臺親試)에 을과로 급제하였다. 그 뒤 1807년(순조 7) 홍문관부교리(弘文館副敎理)가 되고 1808년에는 서장관(書狀官)으로서 청나라에 건너가 양국 간의 현안문제를 수습하고 돌아왔다. 1810년 부교리로 있으면서 과거시험과 기타 국정 전반에 대한 개혁방안을 상소하여 왕으로부터 칭찬을 받고, 그에 대한 보상으로 비단을 받았다. 1813년 강계부사(江界府使)로 나가 성실히 업무를 수행한 결과 가자(加資)되었으며, 그 뒤 의주부윤(義州府尹)과 개성유수(開城留守)를 거쳐, 1827년에는 함경도관찰사가 되었다. 김계온(金啓溫)은 정조(正祖) 23년(1799) 문과(文科) 대과에 급제하고 여러 벼슬을 지냈으며 이조참의와 대사성을 거처 호조참판을 역임했다.

계조암 입구에서 머리를 드니 높은 곳에 글씨가 빽빽하다. 관찰사 정상우(鄭尙愚, 1756~?)가 선두다. 그는 1790년(정조 14) 증광문과에 갑과로 급제하였다. 1793년에 서장관으로서 중국에 다녀와서는 중국의 극심한 흉년과 중국황실의 사정 등에 대해 보고하였다. 1808년(순조 8)에 강원도관찰사를 지냈고, 1810년에는 대사간·대사헌을 거쳤으며, 1813년에는 대사헌을 역임하였다. 이곳에 들린 시기는 1808년부터 1810년 사이일 것이다. 정상우의 이름은 봉정암 석가사

리탑 뒤에도 새겨져 있으니 같은 시기에 설악산을 유람한 것이리라. 정상우 옆은 정경우(鄭耕愚, 1770~?)로 순조 10년인 1810년에 식년시에 합격한다. 그는 익산 군수를 역임하였다. 정상우의 동생이다. 정성우(鄭性愚)가 뒤를 잇는다. 그는 도호부사(都護府使)를 지냈다. 정석교(鄭錫敎, 1780~?)는 순조 9년인 1809년에 증광시 진사에 합격한다. 정선교(鄭善敎, 1785~?)의 자는 여심(汝心), 호는 이력(履歷)이다. 순조 16년인 1816년에 식년 진사시험에 합격한다. 옆에 새겨진 정순교(鄭淳敎, 1788~?)는 그의 동생이다. 그는 순조 14년인 1814년에 식년시에 합격한 것으로 기록되어 있다. 박인수(朴寅秀, 1855~?)도 보인다. 그는 고종 13년인 1876년에 식년시 진사에 급제한 사람으로 보인다. 자는 형운(亨運)이며 본관은 밀양(密陽)이다. 최렴(崔濂)과 방필국(方弼國), 김기(金杞)가 나란히 새겨져 있다.

개조암석굴 바위글씨

외따로 조홍진(趙弘鎭, 1743(영조 19)이 보인다. 본관은 풍양(豊壤)으로 1763년(영조 39) 사마시에 합격하여 생원이 되었다. 1783년(정조 7) 전 현감으로 증광문과에 병과로 급제하고, 이 해 강원도 암행어사로 파견되어 염찰 활동을 하고 돌아왔다. 그 뒤 1799년에 승지로 왕을 보필했고, 이듬해 서유문(徐有聞)과 연명으로 상소하여 죄인들의 사면에 대한 부당성을 주장, 이를 바로 잡았다. 이 해 영동 지방에 암행어사로 파견되어 임무를 다한 뒤 승지로서 역할을 다시 했는데, 이 때 어부들의 폐단을 없애는 데 앞장서 왕의 신임을 돈독히 받았다. 이후 승지로서 왕을 훌륭히 보필하는 데 전력을 다하였다.

바위굴은 절을 품고 있는데　巖窟藏精舍
높은 산이라 모두 짙은 자줏빛　岧嶢切紫冥
바위는 엎드린 용과 호랑이　石皆龍虎伏
봉우리는 봉새와 난새의 형상　峯亦鳳鸞形
가랑비 내리자 저녁 안개 일고　暮靄成微雨
작은 뜰 샘물에 한 방울 두 방울　寒泉滴小庭
쓸쓸히 잠시 앉아있자　蕭然暫時坐
갑자기 깨달아 마음이 시원해지네　頓覺爽襟靈

이경석(李景奭, 1595~1671)은 금강산을 구경하고 내려오다가 이곳에 들러 「계조굴(繼祖窟)」이란 시를 한 수 짓는다. 문득 깨달음을 얻어 마음이 시원하게 뚫리는, 그래서 서늘한 바람이 가슴에 부는 날이 올 수 있을까?

나머지 분들을 간단히 조사하여 기록한다.

계조암석굴 앞 바위에 새겨진 이름

· 권축(權瀟, 1846~1895): 1882년 별시 문과에 병과로 급제하여 예문관검열 · 홍문관수찬 · 시강원 겸문학 등을 거쳐 1889년 이조정랑에 이르렀다.

· 김수영(金壽永): 고종(高宗) 28년(1891) 증광시(增廣試) 급제.

· 박만영(朴萬榮): 정조(正祖) 19년(1795) 식년시(式年試) 급제.

· 윤광성(尹光星): 영조(英祖) 38년(1762) 식년시(式年試) 급제.

· 윤완(尹琓): 철종(哲宗) 1년(1850) 증광시(增廣試) 급제.

· 이재홍(李載弘): 정조(正祖) 22년(1798) 식년시(式年試) 급제.

· 윤광렴(尹光廉): 영조(英祖) 50년(1774) 증광시(增廣試) 급제.

· 김연정(金演貞), 김연채(金演采), 김창경(金昌卿), 노갑수(盧甲秀) 자(子) 익한(益漢), 박의범(朴義範), 박제실(朴濟實), 박종항(朴宗恒), 백동원(白東遠), 성이규(成以奎), 성이벽(成以璧), 성이호(成以虎), 손세하(孫世夏) 세의(孫世毅), 심필구(沈弼矩), 오필영(吳弼泳), 이기수(李基壽), 이명운(李命運), 조달승(曺達承) 자(子) 영환(榮煥), 황관준(黃寬俊) 자(子) 인형(仁亨).

윤휴(尹鑴)는 「풍악록(楓岳錄)」에서 계조암 앞에 깎아지른 서 있는 바위를 용바위[龍巖]라고 적고 있다. 계조굴에서 나와 옆 용바위를 보면서 놀라지 않을 수 없었다. 용바위는 칠판이다. 도대체 몇 사람의 이름이 새겨졌는지 셀 수 없을 정도다. 떠든 사람 이름을 적은 칠판이 생각난다. 아니 바위를 훼손시켰다고 자진 신고한 것 같다. 그 중에도 윤사국(尹師國, 1728~1809)이 쓴 '계조굴'이 백미다. 옆에 친절하게 자신의 이름을 새겨놓았다. 이를 통해 이 각자가 조선 정조 때의 서예가이자 판서 벼슬을 지낸 윤사국이 쓴 것임을 알 수 있다. 윤사국은 조선 정조 14년(1790)에 강원도 관찰사를 지낸 인물이다.

계조굴 왼쪽 위에 서정보(徐鼎輔, 1762~?)의 이름이 또렷하다. 그는 1790년(정조 14)에 증광시에서 생원에 합격하였고, 1804년(순조 4) 식년시에서 을과로 문과 급제하였고, 1806년(순조 6)에는 도당록(都堂錄)에 선발되었다. 이후 교리(校理)·부응교(副應敎) 등을 역임하였다. 1819년(순조19년)에 강원도 관찰사가 되었는데 이 때 계조암을 찾았던 것 같다.

왼쪽에 초서체로 쓴 서염순(徐念淳, 1800~1859)이 있다. 1819년(순조19) 진사에 합격하고, 1827년(순조27) 증광문과(增廣文科)에 병과(丙科)로 급제하였다. 이후 병조판서, 사헌부 대사헌, 공조판서. 이조판서를 거치고 문숙(文肅)이라는 시호를 받았다. 신대년(申大年)은 그 아래에 깊이 새겨져 있다. 영조(英祖) 50년(1774) 증광시(增廣試)에 급제하고, 이후 헌납, 교검, 강계부사, 관동암행어사 등 역임한 사람이다. 신대년(申大年) 밑으로 서유영(徐有英, 1801~1874)이 보인다. 1860년에 사릉참봉(思陵參奉)을 제수 받고, 1865년 가을에 경상도

의령현감(宜寧縣監)에 부임한 그는 4년 만에 파직되어 유배되었으나, 꾸준히 문학 활동을 하여 1863년 12월에 소설 『육미당기(六美堂記)』를 내놓는다. 이 책은 조선 후기에 가장 많은 인기를 모은 소설 중의 하나다. 구성이 치밀하고 규모가 방대하며, 여성 인물의 성격도 매우 개성적으로 창조되어 있어 고전소설 가운데 백미라고 평가받는다.

다시 위를 쳐다보니 관찰사 조봉진(趙鳳振)이 기다린다. 『강원도지』 '도선생(道先生)'에 이름이 실려 있다. 옆에 관찰사 홍경모(洪敬謨, 1774~1851)가 있다. 이조판서를 지낸 홍양호(洪良浩)의 손자로, 정조 때 동몽으로 뽑혀 편전에 입시하여 『효경』을 강(講)하였고, 오언시를 지어 정조로부터 서책과 패향(佩香)을 하사받기도 하였다. 1805년(순조 5) 성균관유생이 되었고, 1816년 별시문과에 병과로 급제하였다. 독서를 즐겨 장서가 많았으며, 문장에 능하고 글씨도 뛰어났다. 저서로는 『관암전서』 32책 외에 『관암외사(冠巖外史)』·『관암유사(冠巖遊史)』 등이 있다. 바로 아래에 관찰사 신헌조(申獻朝)다. 조선왕조실록을 보면 순조 4년(1804년) 3월 12일에 강원 감사인 신헌조가 "이달 3일 사나운 바람이 크게 일어나 산불이 크게 번졌는데, 삼척(三陟)·강릉(江陵)·양양(襄陽)·간성(杆城)·고성(高城)에서 통천(通川)에 이르는 바닷가 여섯 고을에서 민가(民家) 2천 600여 호, 원우(院宇) 3곳, 사찰 6곳, 창사(倉舍) 1곳, 각종 곡식 600석, 배 12척, 염분(鹽盆) 27좌(坐)가 불에 타고 타 죽은 사람이 61명이었다"라는 내용을 보고한 것이 나온다.

옆에 한용겸(韓用謙, 1764~?)도 보인다. 한계리 옥녀탕에 그의 이름이 있는 것으로 보아 내설악과 외설악을 모두 유람한 사람 중의 한 사람이다. 그는 정조 19년인 1795년에 식년시 진사에 합격한다. 그 후 1799년 12월에 궁중의 제사에 쓸 가축을 기르는 일을 맡아보던 관청인 전생서(典牲署) 판관으로 있다가 인제로 발령받았다. 그는 1802년 7월에 간성 군수로 발령받아 떠난다.

이계(李溎)는 형조판서를 역임하였다. 그가 설악산을 찾은 이유는 벼슬살이와 관련이 있어 보인다. 『조선왕조실록』에 의하면 그는 영조 49년인 1773에 강원 감사로 발령받는다. 이밖에도 『조선왕조실록』 여기저기서 그의 활동을 찾아볼 수 있다.

이상악(李商岳, 1738~1808)은 이름을 이의필(李義弼)로 고쳤다. 자(字)는 교백(喬伯)이며 호는 창계(蒼溪)이고 세종대왕의 아들인 광평대군의 후손이다. 영조 42년인 1766년에 정시 문과에 병과로 급제해 처음에는 예문관 검열이 된 뒤 사간원에 근무하다가 세자시강원 사서로 세자를 가르치는 임무를 맡으면서 벼슬살이를 시작했다. 『조선왕조실록』을 살펴보니 정조 24년인 1800년에 강원도 관찰사에 임명되었다. 그의 이름을 내설악 구곡담계곡에서 찾아볼 수 있는 것으로 보아 내외설악을 두루 유람했음을 알 수 있다.

아름다운 곳에 이름을 새기는 것에 대해 남명(南冥) 조식(曺植, 1501~ 1572)은 "대장부의 이름은 사관(史官)이 책에 기록해 사람들의 입에 오르내려야 하는데, 구차하게도 산속 썩지 않는 돌에 이름을 새겨 억만 년을 전하려 한다"고 비판하였다. 박지원(朴趾源, 1737~1805)도 「발승암기(髮僧菴記)」에서 같은 입장을 보인다.

내가 동쪽으로 풍악산(楓嶽山)을 유람할 때 그 동구(洞口)에 들어서자마자 옛사람과 지금 사람들이 이름을 써 놓은 것이 보였는데, 크게 쓰고 깊이 새겨진 것이 조그마한 틈도 없어 마치 구경판에 어깨를 포개선 것 같고 교외의 총총한 무덤과 같았다. 오래 전에 새긴 글씨가 겨우 이끼에 묻히자 새 글씨가 또 인주(印朱) 빛으로 환히 빛나고 있었다.

무너진 벼랑과 갈라진 바위에 이르니 깎아지른 듯 천 길이나 높이 서 있어, 그 위에는 나는 새의 그림자조차 끊겼는데도 홀로 '김홍연(金弘淵)'이란 세 글 자가 남아 있었다. 나는 실로 맘속으로 이상히 여기고, '자고로 관찰사의 위세 는 족히 사람을 죽이고 살릴 수 있으며, 양봉래(楊蓬萊)는 기이한 경치를 좋아 하여 그분의 발자취가 닿지 않은 곳이 없었다. 그런데도 이곳에 이름을 남기지 는 못했거늘, 저 이름 써 놓은 자가 도대체 누구기에 석공(石工)을 시켜 다람쥐, 원숭이와 목숨을 다투게 했단 말인가?'라 했다.(생략)

연암 박지원이 무엇을 말하고자 했을까? 이름 새기는 행위에 대한 비판 이다. 사람들이 바위에 이름을 새겨 영원히 자신의 이름을 남기려고 하지 만, 이는 부질없는 짓일 뿐이라는 것이다. 용바위 맨 왼쪽 상단에 박지원의 이름이 첫째 아들인 박종간(朴宗偘)과 함께 보인다. 그는 1800년에 양양 부 사가 되었다가 1801년에 병을 이유로 사직하였으니, 이때에 여기 들렸던 것 같다.

계조굴 글씨 오른쪽으로 도순사(都巡使) 이병정(李秉鼎, 1742~ 1804)이 있 다. 1766년(영조 42) 정시문과에 병과로 급제했다. 1795년(정조19년)에 강원 도 관찰사가 되었다가, 1796년(정조20년)에 사헌부 대사헌, 다시 강원도관 찰사를 하게 된다. 더 오른쪽으로 이동하면 도순사(都巡使) 서유방(徐有防, 1741~1798)이다. 1768년(영조 44)에 진사가 되어 음보로 교관(敎官)을 지내 다가 1772년 정시문과에 을과로 급제, 홍문관부응교(弘文館副應敎) 등을 역 임하였다. 1797년에는 강원도관찰사로서 간성의 인구 동태를 조사하여 『간 성유민환접타민이접성책(杆城流民還接他民移接成冊)』을 지어 올렸다.

계조굴 글씨 아래로 서명선(徐命善, 1728~1791)이 있다. 1753년에 생원이 되고, 1763년 증광문과에 을과로 급제하였다. 이 후 부교리·승지를 거쳐 1769년 강원도관찰사가 되었으나 삼촌이 붙잡히자 연루되어 관직이 교체되었다. 이어서 이조참의·대사성·대사헌·승지·부제학을 역임하고 이조참판이 되었다.

용바위 전면에만 글씨가 새겨진 줄 알았는데 옆으로 돌아가니 측면에도 많은 사람들로 빼곡하다. 안사(按使) 조학년(趙鶴年, 1786~?)과 조희식(趙熙軾), 조희철(趙熙哲)이 보인다. 조학년은 1828년(순조 28)에 화성유생응제시(華城儒生應製試)에서 뽑혔고, 교관으로서 식년문과에 을과로 급제하였다. 1848년에 대사헌이 되고, 이어 이조판서를 역임한 뒤 1849년에는 우참찬이 되었다.

왕실의 외척이라는 지위를 배경으로 주로 병권을 담당하면서 자신의 풍양 조씨 가문이 중앙정치권력의 핵심부를 장악하여 세도정치의 한 축을 이루도록 하는 데 큰 역할을 한 조만영(趙萬永, 1776~1846)과 아들 조병기(趙秉夔)가 나란히 있다.

강진(姜溍, 1807~1858)의 증조부는 강세황(姜世晃)이다. 그는 조선 후기에 이름 높은 서화가로서 중국에까지 명성을 떨친 증조부 세황의 서화기법을 본받아 산수화에 뛰어났으며, 동시에 시와 초서·예서 등 글씨에도 뛰어나 사람들은 시·서·화의 삼절이라 칭송하였다.

이광문(李光文, 1778~1838)은 1801년 사마시(司馬試)에 합격하여 진사가 되고, 1807년 식년문과에 별과로 급제하였다. 그 뒤 전라감사 등 내외직을 두루 거쳐 벼슬이 이조판서에 이르렀다. 벼슬이 판서에 이르러서도 생활은 지극히 검소하여 의복과 음식이 가난한 선비와 다를 바 없었고, 평생 물건을 놓고 남과 다툰 일이 없었으므로,

용바위 글씨

비록 높은 지위에 올라도 사람들이 시기하지 않았다고 한다.

인제군 현리에 선정비가 세워진 임상준(任商準, 1818~?)도 보인다. 그는 조선 말기의 무신으로 본관은 풍천(豊川)이다. 1882년 임오군란 직후 총융사 지삼군부사 및 훈련대장 등을 역임하였고, 1885년 군무국구관(軍務局勾管)이 되었다.

임오상(任五常, 1793~?)의 선정비는 양양군 서면 오색리 망월사 앞에 있다. 재직 중 영남에서 대흉재 시 조정의 하명으로 대두천석이 할당되었으나 부민의 어려움을 도에 간청 추곡으로 납부토록 하였고, 사직단, 국적고, 취산루, 남문루등을 중수하는 등 선정을 한 사실이 어사를 통해 알려지자 말(馬)을 하사 받았다.

그 옆 바위에 홀로 강릉백(江陵伯) 윤종의(尹宗儀)가 아들 윤헌(尹灤)과 함께 있다. 그는 1867년에 강릉부사를 역임했다.

용바위에 이름을 새긴 분들을 간단히 조사하여 기록한다.

용바위 글씨

용바위에 새겨진 이름

· 민종렬(閔鍾烈): 아버지는 민백겸(閔百兼)이다.

· 민종현(閔鍾顯, 1735~1798): 1756년(영조 32) 정시 문과에 급제하여 1768년(영조 44) 세자시강원문학(世子侍講院文學)이 되었다. 예조 판서, 홍문관 제학, 장악원 제조 등을 지냈다.

· 민양렬(閔養烈, 1742~?): 영조(英祖) 46년(1770년) 정시(庭試) 급제.

· 박중현(朴重鉉): 고종(高宗) 17년(1880) 증광시(增廣試) 급제.

· 박초수(朴楚壽): 부사를 역임하였고 이조판서에 추증되었다.

· 신현(申絢, 1764~?): 1794년(정조 18) 정시(庭試) 병과 급제. 예조, 공조, 판서를 역임하였다.

· 위광조(魏光肇, 1747~?): 정조(正祖) 19년(1795년) 춘당대시(春塘臺試) 병과 급제.

· 유운서(柳雲瑞): 숙종(肅宗) 31년(1705) 식년시(式年試) 급제.

· 윤수경(尹秀慶): 헌종(憲宗) 1년(1835) 증광시(增廣試) 급제.

· 이교익(李喬翼): 갑신정변시에는 승정원 도승지로서 주모자를 처벌할 것을 주장하였다. 그 뒤 1884년 의정부 유사당상, 이듬해 호군(護軍), 공조판서, 선혜청 제조, 총리내무부 협판내무부사로서 농무국의 업무를 보기도 하였고, 예조판서, 지의금부사, 사헌부 대사헌을 거쳐 1887년 공조판서, 1889년 가상존호도감(加上尊號都監) 제조(提調), 자경전(慈慶殿) 상량서사관(上樑書寫官) 등을 역임하였다.

· 이노춘(李魯春): 1780년 식년문과에 을과로 급제하였으며, 1800년 강원도관찰사가 되었다.

· 이심구(李審榘): 순조(純祖) 3년(1803) 증광시(增廣試) 급제.

· 이용근(李容根): 1855년 식년시(式年試) 급제.

· 이용학(李容學, 1818~?): 1864년(고종 1) 증광문과(增廣文科)에서 병과(丙科)로 급제하여 승정원동부승지로 특제(特除)되었다. 1869년부터 다시 관직에 올라 성균관대사성, 이조참의, 이조참판을 역임하였고 1876년에는 사은 겸 동지부사(謝恩兼冬至副使)로서 정사(正使) 심승택(沈承澤)을 수행하여 중국에 다녀오기도 하였다.

· 이의병(李宜炳): 숙종 때 적성 현감을 지냈으며, 글씨를 잘 써서 이름이 높았다.

· 이현장(李顯章, 1674~1728): 1713년(숙종 39) 증광문과에 병과로 급제하여 1719년 남원현

용바위 글씨

· 이상악(李商岳): 영조(英祖) 42년(1766) 정시(庭試) 급제. 1776년에 성균관 대사성으로 역임하였다.

· 임한호(林漢浩, 1752~1827): 1783년(정조 7) 사마시에 합격하여 진사가 되고, 1792년 식년문과에 병과로 급제한 뒤 홍문관수찬 · 함경도북평사 · 암행어사 · 이조참의 · 대사간 등을 지냈다. 1803년(순조 3) 대사간으로 있을 때 정순왕후 김씨(貞純王后金氏)의 수렴청정을 반대, 한 때 안주에 유배되었다가 이듬해 풀려나온 뒤 이조참의 · 강원도관찰사 · 이조참판 · 형조판서 · 대사헌 · 한성부판윤 등을 거쳐 1818년 이조판서가 되었다. 그 뒤 판의금부사 · 세자시강원우빈객 · 좌참찬을 지낸 다음 우의정에 올랐으나 질병으로 거듭 사직을 청원, 허락되지 않다가 1823년 판중추부사로 전임된 뒤 관직을 떠났다.

· 조능하(趙能夏): 순조(純祖) 34년(1834) 식년시(式年試) 급제.

· 한시유(韓始裕, 1759~?): 1786년(정조 10) 식년시 문과 급제.

· 한용의(韓用儀): 순조(純祖) 1년(1801) 증광시(增廣試) 급제.

· 한용함(韓用諴): 정조(正祖) 19년(1795) 식년시(式年試) 급제.

· 한용함(韓用諴, 1772~?): 정조 19년인 1795년에 식년시 생원에 급제.

· 홍한주(洪翰周, 1798~1868): 시문(詩文)에 능한 문사(文士)로 현감, 군수 등을 역임했다. 저서로는 『해옹시문집(海翁詩文集)』이 있다.

· 홍희복(洪羲福, 1794~1859)은 번역소설인 『제일기언(第一奇諺)』을 남겨 가문소설이 19세기에도 계속 읽혔음을 알려준다.

· 김덕필(金德弼), 김이소(金履素), 박도성(朴道性), 박종욱(朴宗勗), 박종정(朴宗正), 서격수(徐格修), 심안지(沈安之), 오장묵(吳章默), 우운명(禹雲明), 윤광감(尹光瑊), 윤수경(尹秀慶), 윤치용(尹致容), 윤치정(尹致定), 이건응(李建膺), 이광정(李光正), 이영옥(李英玉), 이윤식(李允植), 정의관(鄭義觀), 이일증(李一曾), 이정모(李定蓍), 이주영(李柱榮), 이징신(李徵臣), 임기하(林紀夏), 정의승(鄭義升), 조능하(趙能夏), 조동윤(趙東潤), 최방빈(崔邦彬) 손(孫) 광정(光鼎), 한용함(韓用諴), 한진유(韓晉裕), 홍석필(洪奭弼), 홍재철(洪在喆), 홍한주(洪翰周), 황종규(黃鍾圭), 황종림(黃鍾林).

바람의 산인 천후산으로 불러다오

어렸을 적 설악산은 흔들바위와 울산바위로만 인식하였다. 울산바위가 설악산을 대표하는 이미지로 자리 잡은 까닭은 울산바위에 얽힌 이야기 때문이었던 것 같다. 산신령이 금강산을 만들기 위해 전국의 바위들을 다 모이게 했는데, 울산바위도 금강산의 일부가 되기 위해 울산에서 금강산으로 가다가 설악산에 이르렀을 때, 더 이상 바위가 필요 없다는 말에 경치가 좋은 설악산에 주저앉아 살았다는 이야기는 아직도 생생하다.

옛 기록들은 바람과 관련된 이야기를 들려준다. 바람이 산중에서 스스로 불어 나오기 때문에 하늘이 운다[天吼]는 뜻에서 천후산이라고 부르게 되었다는 기록과, 큰 바람이 불려고 하면 산이 먼저 울기 때문에 천후산(天吼山)이라고 이름 붙였다는 설명이 주류를 이룬다. 양양과 간성에 바람이 잦고 센 것이 이 때문이라고 한다. 허목은 이렇게 묘사하였다.

> 천후산은 설악산 동쪽 기슭의 다른 산인데 수간성(杆城)의 남쪽 경계에 있다. 돌산이 신기하고 빼어나게 아름다운데 아홉 개의 봉우리로 되어 있으며 동쪽으로 넓은 바다가 내려다보인다. 산이 크게 울면 큰 바람이 불기 때문에 산 이름을 천후라고 하였는데, 산에 풍혈(風穴)이 있다.

반면에 기이하고 꾸불꾸불한 봉우리의 모습이 울타리를 설치한 것과 비슷해 '울타리 산[籬山]'이라 했다는 설도 간혹 보인다.

종합한다면, 청각을 강조한 경우 하늘이 운다고 하여 천후산(天吼山)이라 불렸다. 시각을 강조한 경우 늘어선 암봉이 울타리 같아 이산(籬山)이라 하였다. 우는 산, 또는 울타리산이 울산으로 되었다가, 전설과 함께 울산바위로 굳어진 것 같다.

오랜 세월 침식과 풍화작용을 통해 형성된 울산바위는 둘레 4㎞ 높이 873m인 거대한 바위산이다. 이 거대한 암봉은 외설악 능선에서 가장 힘차고 웅장한 풍모를 자랑한다. 하늘이 우는 소리는 겨울 설악산의 거친 바람소리다. 몸을 가누기 힘들 정도로 바람은 드세고 사납다. 바람이 불면 마치 하늘이 울부짖는 소리가 난다고 하여 붙여진 이름인 천후산이 언제 울산바위로 바꿨는지 알 수 없다. 경외와 공포가 느껴지는 천후산이 언제부터인지 바위가 되었다. 원래의 이름을 되찾아즐 때이다.

울산바위는 밑에서 우러러보는 것이 제격이다. 미시령 옛 도로는 거대하고 우람한 모습을 바라보기에 좋다. 또 한 군데가 있다. 화암사 뒤 성인대에서 보는 울산바위는 위엄 있고 장엄한 진면목을 보여준다. 조위한의 「천후산」시가 가장 잘 형상화 하였다.

하늘 가른 푸른 암벽 긴 병풍같이 벌려있고　橫空蒼壁列長屏
안과 밖은 겨우 한 자 줄기로 구분되네　內外纔分尺一經
나무와 풀도 자취 남김이 없으니　草木也無留影迹
새와 곤충이 어찌 살 수 있겠나　禽蟲那得着毛翎
험한 형세 힘을 써서 손으로 높이 받든 듯　獰姿矗矗撑高掌
장엄한 형세 삼엄하니 신령이 노한 듯　壯勢森嚴怒巨靈
비와 바람을 일으키는 건 신의 괴이한 표현이라　產雨興風神怪驗
때때로 천둥이 울어 바위굴을 울리네　有時雷吼震巖扃

울산바위에서 바라 본 대청봉

천후산

계조암을 옆으로 끼고 도는 길은 울산바위로 이어진다. 돌로 만든 계단과 나무 데크로 채워진 길은 걷다 쉬다를 반복해야하는 급경사다. 중간에 전망 대에 오르니 왼쪽의 달마봉에서부터 뾰족뾰족 펼쳐져 있다. 가운데 대청봉 과 중청봉이 중심을 잡고 오른쪽 끝은 황철봉이 보인다. 다시 계단이다. 허 공을 걷는 듯하다. 내려오는 사람은 앞을 보지 못하고 뒷걸음질로 천천히 내려온다. 바람은 얼마나 세게 부는지 난간을 잡고 한 걸음 한 걸음 전진한 다. 정상에 오르자 바람은 다 날려버릴 기세다. 한참 동안 바위 뒤에 웅크리 고 앉아서 달마봉과 그 넘어 바다를 바라봤다. 자리를 이동하니 미시령이 한 줄기 선으로 보인다. 거친 바람 소리 속에서 울산바위가 왜 천후산인지 를 몸으로 느낄 수 있었다.

천후산에서 바라본 속초

2

조선 최고의 승경,
비선대 가는 길

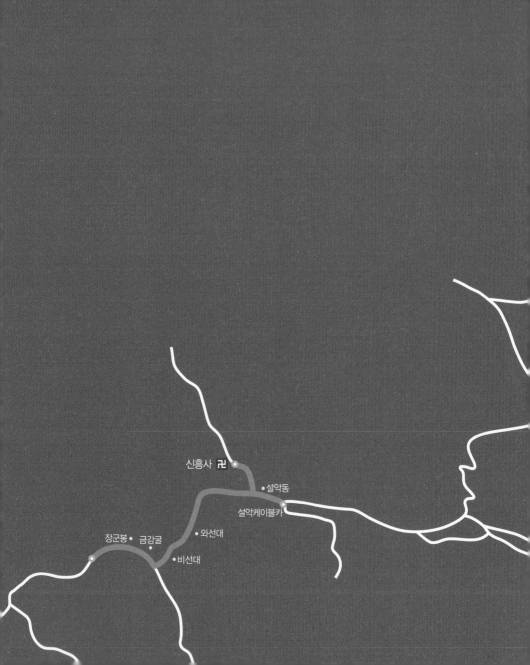

신흥사 卍

설악동

설악케이블카

장군봉 금강굴 와선대

비선대

조선 최고의 승경, 비선대 가는 길

신흥사 돌담의 미학

시골집은 돌과 흙으로 담을 쌓고 위에 이엉을 엮어 올렸다. 높이는 어른 키 보다 조금 낮았던 것 같다. 이웃 아저씨가 머리만 내놓고 아버지와 이야기를 나누곤 했다. 뒤란 장독대 뒤는 나무를 심어 울타리를 만들었다. 오얏나무와 밤나무, 그리고 노간주나무로 늘 서늘했다. 이웃집도 비슷했다. 어떤 집은 나무를 엮어 담을 만들기도 했다.

새마을 운동이 한창일 때 시멘트로 바뀌기 시작했다. 시멘트 기둥을 세우고 넓적한 시멘트 판을 끼워서 세우는 담장이 대세인 시절이었다. 벽돌이나 블록으로 쌓은 담도 흔히 볼 수 있었다. 좀 산다는 집은 예외 없이 높은 담을 쌓았고, 담 위에 깨진 유리 조각을 박아 넣거나 철조망을 둘러치기도 했다. 우리 집 담도 시멘트로 바꾸자고 조르곤 했다.

최근 들어 곳곳에서 담장을 무너뜨리고 있다. 공공기관, 학교 등을 중심으로 담장을 허물어낸 곳에 나무와 화단 등을 설치하여 시민 휴식공간과 문화거리로 조성하기도 한다. 개인주택도 이에 동참하는 경우도 있으니 격세지감이다.

담장이란 어떤 건물 또는 땅을 둘러싸서 그것을 보호하거나 경계를 설정하는 역할을 한다. 즉, 소유의 경계구분을 표시하기 위하여 개인적인 공간을 둘러싸는 것이다. 아울러 둘러싸인 공간 내에 있는 물체나 사람을 외부로부터 보호하기 위한 방어수단의 기능도 배제할 수 없다. 사생활 보호를 위해 들여다보는 것을 방지하는 기능도 있고, 위엄과 존엄성을 나타내기 위해서 쌓는 경우도 있다.

신흥사 담을 보고 깜짝 놀랐다. 너무 높았다. 위압적이었다. 담을 구성하는 돌 하나하나가 바위 덩어리처럼 커다랗게 보였다. 마치 성곽처럼 높고 견고하였다. 절에 오면 마음이 편안해지는 경우가 대부분인데 좋게 말해 경

신흥사 돌담

외감을 불러일으키다니. 슬그머니 불경한 생각이 들었다. 대중과 함께 하며 중생을 교화해야할 스님들이 너무 자신들의 거처를 요새처럼 만들어서 중생들의 접근을 쉽게 하지 못하도록 하는 것은 아닌지 걱정스러웠다. 더 나아가 스님들의 권위를 내세우기 위해서 일부러 높게 쌓은 것은 아닌지 의심이 들었다. 궁궐 같은 경우가 이렇다. 궁궐은 끝없이 높은 담장으로 연결되었고, 그 안에 건물들이 배열되어 있다. 절대 권력자 한 사람을 위한 집이고, 그 사람의 신비함을 더하기 위해 담을 넘어 볼 수 없도록 높이 쌓았다. 신흥사 담이 바로 그런 짝이다.

사천왕문을 들어가 경내를 둘러보곤 바로 생각을 수정해야 했다. 밖에서 봤을 때는 성벽처럼 높았으나 안에서 보니 야트막한 담장이다. 밖에서 봤을 때도 사천왕문에서 왼쪽으로 내려갈수록 높고, 반대쪽으로 향할수록 점점 얕아진다. 지형 때문에 담을 그리 쌓은 것이다. 기울어진 땅을 평탄화하는 과정에서 생긴 것 같다. 그리고 담은 전면에만 있을 뿐, 부도가 있는 북쪽은 아예 담이 없다. 겉으로 봤을 때는 위압적이며 폐쇄적으로 보이나 사실은 개방되어 있던 것이다. 특히 경내에서 동쪽을 바라보면 권금성 뿐만 아니라 설악의 자연을 남김없이 받아들이고 있다.

『삼국사기』를 보면 신라 때 담장은 원래의 기능을 넘어서서 장식적으로 발전해 가고 있음을 보여준다. 성골을 제외하고 신분의 차등에 따라 규제를 달리 하였는데, 진골은 회랑(回廊)을 돌릴 수 없으며 담장에 석회를 바르지 못하게 하였다. 그 아래 계층들은 담장의 높이까지도 각각 규제를 받았다. 사찰의 경우도 화려한 담을 찾긴 어렵지만 검소하면서도 아름다움을 보여주는 곳이 더러 있다. 신흥사 담은 쌓는 것에 충실한 담이다. 커다란 바윗돌로 쌓느라 기교를 부릴 틈도 없었던 것 같다. 설악산의 커다란 돌들이 나란히 차분하게 쌓여있을 뿐이다. 너무 단조로울까 담쟁이 넝쿨이 빨간 색으로 변화를 주었다.

청정도량을 지키는 사천왕

성벽 같은 신흥사 돌담 가운데 있는 사천왕문은 계단을 올라서 통과해야 한다. 문 좌우에 눈을 부릅뜬 험상궂은 얼굴을 한 사천왕은 천상계의 가장 낮은 곳에 위치하는 사천왕천의 동서남북 네 지역을 관장하는 신화적인 존자들이다. 동쪽은 지국천왕으로 손에 칼을 들고 있으며, 술과 고기를 먹지 않고 향기만 맡는다는 음악의 신인 건달바와 부단나의 신을 거느리고 동쪽 하늘을 지배한다. 선한 이에게는 복을 주고, 악한 자에게는 벌을 준다. 남쪽은 중장천왕으로 손에 용과 여의주를 들고 있으며, 구반다와 아귀를 거느리고 남쪽 하늘을 다스리고 있다. 만물을 소생시키는 덕을 베푼다고 한다. 서쪽은 광목천왕으로 손에 삼지창과 보탑을 들고 있으며 용과 혈육귀로 불리는 비사사 신을 거느리고 서쪽 하늘을 다스린다. 악인에게는 고통을 줘 구도심을 일으키게 한다. 북쪽은 다문천왕으로 손에 비파를 들고 있으며, 야차와 나찰을 거느리고 북쪽 하늘을 지배하고 있다. 어둠 속에서 방황하는 중생을 구제해 준다.

절에 이러한 천왕상을 봉안한 천왕문을 건립하는 까닭은 절을 보호한다는 뜻도 있지만, 수호신들에 의해서 도량 내의 모든 악귀가 물러나서 청정도량이 되었다는 관념을 가지게 하려는 데도 뜻이 있다. 또한, 수행 과정상의 상징적인 의미에서 볼 때는 일심(一心)의 일주문을 거쳐 이제 수미산 중턱의 청정한 경지에 이르고 있다는 뜻도 내포하고 있다.

예전에 처음 사천왕상을 보았을 때의 느낌을 잊을 수 없다. 너무 거대한 것에 놀라고, 눈을 부릅뜬 것에 놀랐다. 사천왕이 모두 같게 보였다. 이제는 다르게 보이며, 각기 맡은 역할이 있다는 것을 알게 되었다. 요즘 세월이 하수상한지라 사천왕을 볼 때마다 선한 이에게는 복을 주고 악한 자에게는 벌을 주길, 악인에게는 고통을 줘 구도심을 일으키게 하길 속으로 빌곤 한다.

신흥사 사천왕문은 1811년인 순조 11년에 세워졌다가 화재로 소실되었던 것을 1972년에 중건하여 오늘에 이르고 있다.

하심의 지혜와 겸양을 가르쳐주는 보제루

천왕문을 지나자 큰 누각이 앞을 가로막는다. 강원도 유형문화재 제104호인 보제루다. 영조 46년인 1770년에 세워진 것으로 누각식 건물이다. 하층 중앙칸은 극락보전으로 가는 통로가 되고, 상층은 다락으로 되어 있다. 본래 사찰의 본전 앞에 세워지는 누각은 각종 법회를 거행하던 곳이었으며 사방이 개방되어 있었다. 이 누각의 아래 기둥은 높이가 낮다. 왜 기둥을 낮게 만들었는지에 대한 설명이 새미있다. 불교를 배척했던 조선시대 유학자들은 법낭 앞까지 말이나 가마를 타고 들어가는 것을 예사로 여겼다. 따라서 누각의 아

보제루

래 기둥을 낮게 하여 유학자들이 반드시 말이나 가마에서 내려 극락보전을 향해 고개를 숙이고 들어가도록 만들었다는 것이다. 그 당시 관리들은 법당 앞까지 말이나 가마를 타고 들어왔을 뿐만 아니라, 산에 오를 때는 스님들에게 가마를 메게 했으니, 보제루를 설명하는 이야기가 예사롭게 들리지 않는다. 보제루는 스스로를 낮추는 하심(下心)의 지혜를 가르쳐준다.

건물 안에는 비자나무통에 황소 6마리 분의 가죽으로 만들었다는 법고(法鼓)와 목어가 보존되어 있다.

아미타불을 봉안한 극락보전

극락보전은 강원도 유형문화재 제14호다. 신흥사의 중심 전각으로 조선 인조 25년인 1647에 지었다. 영조 26년인 1750년과 순조 21년인 1821년에 각각 중수되어 조선시대 후기의 건축양식을 잘 간직하고 있는 건물로 평가받는다.

극락보전은 극락세계의 주인공인 아미타불을 주존으로 봉안하는 보배로운 전각이라는 뜻이다. 아미타불은 서방정토 극락세계에 머무르면서 영원토록 중생을 교화하는 부처다. 고통의 바다에 살고 있는 중생은 누구나 지극한 행복을 원한다. 지극한 행복을 극락(極樂) 또는 안양(安養)이라 하는데, 누구나 올바른 깨달음을 통해 다가갈 수 있도록 도와주는 부처가 바로 아미타불이다.

극락보전

극락보전에서 특이한 것은 영조 37년에 조성된 석계단이다. 진경 시대의 조각수법을 잘 보여 주는 것으로 알려졌는데, 용 모양의 마감과 귀면 형태 및 삼태극, 비운문 문양이 새겨져 있다. 이 문양들은 사찰에 잘 쓰이지 않는 문양이라고 하는데, 조각이 뛰어난 것으로 평가받는다.

법당에 들어가 영원토록 중생을 교화하시는 분께 경건한 마음으로 삼배를 드렸다. 아미타 삼존불은 목조로 제작을 한 것으로 1651년 조선시대 조각승 무염에 의해 제작되었다.

신흥사에서 하룻밤 머무르다

1672년에 윤휴(尹鑴, 1617~1680)는 동구 밖을 나와 설악산을 바라보며 15리 남짓 가서 신흥사에 들렀다. "중들이 어깨에 메는 가마를 가지고 동구 밖까지 환영을 나왔다. 신흥사는 설악산 북쪽 기슭에 있는 절로 동쪽을 향해 앉아 있었는데 여러 건물들로 보아 규모가 큰 사찰 중의 하나이다. 여기에서 보는 설악산과 울산바위의 깎아지른 봉우리와 가파른 산세는 마치 금강산과 기묘하고 뛰어남을 겨루기라도 하는 듯하다." 윤휴가 지은 「풍악록(楓岳錄)」의 글이다. 신흥사는 설악산을 찾는 사람들의 베이스캠프 역할을 수행해왔다. 이곳을 찾은 숱한 사람들은 계조암과 흔들바위를 구경하러 가거나, 비선대로 향하곤 했다. 가끔은 마등령을 넘어 오세암과 봉정암으로 발길을 돌리기도 했다.

김상정(金相定, 1722~1788)은 저녁에 신흥사에서 투숙하며 시를 한 수 남긴다.

수레가 삐걱이며 소나무 속으로 들어가자　肩輿伊軋入松行
신흥사 종소리 저녁 노을 속에 퍼지네　山寺鐘鳴暝靄平
신선을 보지 못했지만 맘은 이미 취하는데　未見飛仙神已醉
밝은 달은 권금성 위로 떠오르네　娟娟月上權金城

비선대에서 하루 종일 놀다가 저녁 무렵에 신흥사로 돌아오는 중
이다. 마침 저녁 예불을 알리는 종소리가 설악동을 울린다. 비선대

신흥사와 권금성

에서 몇 잔 걸치거나, 아니면 아름다운 경치에 취하거나 둘 중의 하나일 것이다. 아직 여운이 남아 있어 달밤에 신흥사 경내를 서성이다가 동쪽을 바라본다. 담장 너머로 권금성이 까맣게 서 있고, 그 위로 밝은 달이 어둠 속의 설악산을 비쳐준다. 밝은 대낮의 설악산이 형형색색으로 정신을 차리지 못하게 만들었다면, 밤의 설악산은 수묵화다. 검은색의 농담으로 장엄함을 연출하고 있었다.

온화한 아름다움의 와선대

신흥사에서 하룻밤을 보낸 옛사람들이 일어나자마자 비선대를 구경하기 위해 발걸음을 재촉했듯이 신흥사에서 잠시 머무르다가 시간에 쫓기 듯 문을 나섰다. 잘 정돈된 길이 계속 이어진다. 한참 가다보니 군량장(軍糧場)이라 새겨진 돌이 길 옆에 세워져 있다. 예전에 군인들이 양식을 저장하던 곳이라고 한다. 군인들이 왜 양식을 이곳에 저장해두었을까? 유사시를 대비하기 위함인가? 권금성 높은 정상에 성을 쌓기도 했으니 군량장도 이해 못할 것 없다. 다만 아름다운 설악산 안에서 전쟁을 준비했고 병화를 입었던 분들을 생각하니 가슴이 아파온다. 6·25 전쟁 중에 설악산 전투는 유명했다 한다.

왼쪽으론 계곡이 계속 이어진다. 온 신경을 집중해서 바위와 주변 형세를 자세히 살폈다. 비선대에 가기 전에 와선대가 있기 때문이다. 와선대를 소개하는 자료들을 보면 유산기에 나오는 장소와 상당한 거리가 있는 듯 보였기 때문에 이번 기회에 와선대를 찾겠노라고 비장하게 다짐을 한 터였다.

탐방로는 돌을 깔아 만들었다. 길바닥에 깔린 돌을 여기저기 살피니 돌에 새긴 글씨가 보인다. 일부분만이 보이는 것으로 보아 글자를 새겼던 커다란 바위는 길바닥을 깔기 위해서 부서진 것 같다. '무자년(戊子年) 봄'이라는 글자와 '모시고 순행했다'는 글자만이 남아 있다. 이 글씨들은 와선대 주변에 있었을 것이다. 여러 기록들에 의하면 '와선대'란 글씨도 새겨져 있었다. 더 집중해서 사방을 찾아보았으나 와선대라 새진 글씨는 보이지 않는다.

군량장

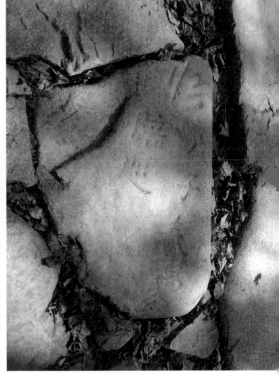

글씨가 새겨진 바위 조각

김유(金楺)의 「유풍악기(游楓嶽記)」에 자세하다.

점심 식사 후 위 아래 식당암(食堂巖)을 가보았다. 식당암은 신흥사에서 남쪽으로 10리쯤에 있다. 너럭바위가 시내를 끊었는데, 가로는 한 길이고 길이는 배가 된다. 점차 작아지면서 이 층이 되는데, 작아진 곳은 바른 것이 사람이 공을 들인 것 같다. 물이 그 위로 베를 널어놓은 듯 흐른다. 기이한 봉우리가 끼고 있는데, 높은 절벽이 솟기도 하고 웅크리기도 하며 입을 벌린 듯 아래로 임해 있다. 쳐다보니 정신이 오싹해진다.

위 식당암(食堂巖)은 비선대고 아래 식당암이 와선대다. 김유(金楺)보다 와선대를 잘 묘사한 글을 본 적이 없다. 김홍도의 그림하고 흡사하다. 대부분 음식점이 자리 잡고 있는 곳의 옆 계곡을 와선대라 여겼다. 사실 파전에 막걸리 한 잔 마시며 바라보는 설악동의 계곡은 아름답기 그지없다. 와선대를 설명하는 안내판도 마찬가지다. 와선대(臥仙臺)를 소개하는 글을 보면 "옛날 마고선(麻姑仙)이라는 신선이 바둑과 거문고를 즐기며 아름다운 경치를 너럭바위에 누워서 감상하였다고 하여 와선대라고 하는데, 숲이 울창하고 기이한 절벽으로 둘러싸여 있어 가히 절경이었으나, 오랜 시간이 흐르면서 너럭바위 흔적은 사라지고 지금의 모습만이 남아있다"는 소개가 주를 이루고 있다. 진짜로 와선대의 흔적은 사라져버렸을까?

와선대라 알려진 곳에서 아래쪽으로 더 내려가면 김유(金楺)가 묘사하고 김홍도가 그린 와선대가 나타난다. 시내를 가로지르는 길쭉한 너럭바위가 세 층이다. 조그마한 폭포를 이루며 하얀 물을 내뿜는다. 어떤 글에는 너럭바위가 푸르스름하다고 적었는데 놀랍다. 물을 뿌려 닦은 후 살펴보니 진짜 푸르스름한 것이 아닌가! 너럭바위를 중심으로 이곳저곳을 다시 찾아보았

卧仙臺

김홍도, 와선대

으나 와선대라 쓴 글씨를 찾지 못하였다. 아마도 넓게 뚫린 탐방로 부근에 있었을 것이고, 길을 내면서 훼손되었을 것이다.

옛 시인들은 비선대를 우뚝하고 괴이하며 뛰어난 아름다움으로 평가하였다. 와선대에 대해서는 온자(蘊藉)란 평어를 사용했다. 넓고 온화함, 너그럽고 따스함. 온화하며 고상함 정도로 풀이 할 수 있다. 부드러움과 따스함의 아름다움이다. 온화한 아름다움이다. 따라서 와선대에서 비선대와 비슷한 아름다움을 찾으려고 하면 안 된다.

설악산 탐방로 주변의 음식점과 상점들이 역사 속으로 사라졌다. 와선대 옆 상가들도 철거되었다. 잘 된 일이지만 추억도 사라지게 되니 아쉬움도 크다.

와선대

조선 최고의 승경 비선대

와선대와 다른 아름다움을 보여주는 곳이 비선대이다. 와선대에서 노닐던 마고선(麻姑仙)이 이곳에 와서 하늘로 올라가서 비선대라 이름이 붙었다는 전설을 갖고 있다. 그러나 예전에는 식당암(食堂巖)으로 알려지기도 했다. 스님들은 식당에서 공양하는 장소와 비슷하다 하여 이렇게 불렀다. 그리하여 비선대는 상식당암이라 부르고, 와선대는 하식당암이라 일컬어졌다. 처음에는 의아했다. 아니, 식당암이라니! 이렇게 아름다운 곳을 밥 먹는 식당에 비유하다니! 너무 적나라한 것이 아닌가. 그것도 도를 닦는 스님들이 그랬다고 하니 쉽게 받아들일 수 없었다. 시간이 지나면서 다시 생각해보았다. 많고 많은 아름다운 이름을 버리고 왜 군이 식당암이라 했을까? 백성은 먹는 것을 하늘로 여긴다[民人以食爲天]는 구절을 떠올렸을까? 산다는 것은 밥을 먹는 것이다. 우리는 밥을 먹기 위해서 사는 것인지도 모른다. 누군가는 '밥은 인류의 기초이며 사유의 토대'라고 할 정도이니, 세상에는 밥보다 더 거룩하고 본질적인 것들이 있겠지만, 밥 없이 그것보다 더 큰 것들을 이룰 수 없을 것이다. 스님들은 밥을 많이 먹는 것이 도를 닦는데 방해가 될까봐 마음에 짐을 꼭 씌듯이 소금만 넣었다. 그래서 섬심(點心)이다. 그러면서도 우리가 사는데 있어서 밥의 중요성을 망각하지 않는다는 것을 식당암을 통해 보여준다. 다른 측면으로 상상의 나래를 펼쳐본다. 바닷가에서 설악산을 구경 온 사람들은 신흥사에 들러 하룻밤을 자고 비선대로 향하곤 했다. 어떤 이들은 기생을 데리고 유람을 다니기도 했고, 악기를 부는 사람을 데리고 다니기도 했다. 식사를 해결하기 위해 중간에 취사를 하기도 했는데 식당암은 많은 사람들이 쉬면서 밥해먹기 좋은 장소였을 것이다. 그래서 이름이 붙지 않았을까? 선비들은 술잔을 띄워 요사를 떨어버리기 위해 물가에서 제사를 지내고 놀이하는 자리와 같다고도 했다.

김창흡의 비선대 예찬은 유명하다. 조선의 아름답다고 일컬어지는 장소와 비교해서 품격을 매긴다면 이곳이 제일이라고 칭송하였다. 벽하담(碧霞潭)은 장쾌한 물줄기를 자랑하나 땅이 좁기 그지없고, 선유동(僊遊洞)는 그윽한 맛이 있다고 하나 멋스러운 풍채가 부족하고, 파곶동(葩串洞)은 큰 반석이 장관이나 크기만 하지 쓸데가 없으며, 병천애(瓶泉崖)은 영롱한 것이

비선대

기묘하다고 하나 주위와 어울림이 전혀 없고, 백운대(白雲臺)는 위로 푸른 봉우리와 아래로 흰 돌들이 펼쳐져 있어 조금 굽어보고 쳐다볼 수 있으나, 빽빽한 나무들이 줄지어 있어 멈췄다가 쏟아 붓는 운치를 갖추지 못해 뜻과 멋이 쉽게 다하여서, 식당암(食堂巖)과 나란히 논할 수 없다고 품평을 하였다. 설악산의 주인다운 품평이다. 안석경은 후일 김창협의 사적인 감정이 개입되었다고 비판하기도 했지만, 김창흡의 눈에는 비선대가 조선 제일이었다.

물과 바위가 기이하구나

삼연 김창흡이 조선 제일이라고 평가한 비선대는 어떤 아름다움을 지니고 있는가? 처음 비선대를 봤을 때는 아무 생각 없이 감탄사만 연발하였다. 하나하나 따지고 볼 엄두가 나지 않았다. 비선대를 평가한 잣대가 있었을 터인데 눈앞에 펼쳐진 광경에 망연자실하였다. 나중에 비선대가 무엇 때문에 아름다운가를 생각하고 몇 가지로 나누어 살펴보니 비선대가 더 또렷하게 그려진다.

이헌경(李獻慶, 1719~1791)의 「식당폭명(食堂瀑銘)」은 비선대의 아름다움을 두 가지로 설명하였다. 그는 글의 세목을 「식당폭명」이라 한 것으로 보아 폭포에 주목한 것 같다.

> 양양부(襄陽府)의 북쪽 40리에 절이 있는데 신흥사(神興寺)라고 한다. 설악산 아래 있으며, 절에서 남쪽으로 비스듬하게 골짜기로 들어

가면 식당폭포가 있다. 폭포는 아래로 흐르며 시내가 되는데, 어떤 곳에서는 질펀히 흘러 씻을 만하고, 어떤 곳은 깊고 검은색을 띠어 두려워할만하다. 바위에 막히면 싸우기도 하고 벼랑을 만나면 날아오른다. 장사가 꾸짖으며 소리치는 듯, 귀신이 기침하고 웃는 것 같기도 하는 것은 물의 기이함이다. 눕기도 하고 일어서기도 하며, 우뚝 선 것은 화내는 듯 하고 걸출한 것은 때려잡는 듯 하다. 스님이 가부좌를 틀고 새가 날아가 듯 한데 모두 흰색이며 옥을 깎은 듯, 얼음을 새긴 듯 한 것은 바위의 기이함이다. 시내는 모두 8~9구비인데 매번 한 구비 들어갈 때마다 보이는 것이 더욱 놀랍다. 번번이 이미 지난 것은 처음으로 기이한 것이 아니고, 오지 않는 것은 덧붙일 것이 없다고 생각한 연후에 비로소 조물주의 기교가 무궁하다는 것을 알았다. 폭포의 양 옆에 너럭바위가 있어 4~50명이 앉을 수 있다.

비선대

88

이현경은 먼저 물의 기이함에 주목하였다. 비선대는 다양한 물의 모습을 보여준다. 또한 물소리는 어떠한가? 나는 비선대에서 다른 것에 정신이 팔려 물의 변화무쌍함에 시선을 둔 적이 없었다. 이 글을 읽으니 참말로 그러하다. 이현경은 돌을 자세하게 관찰하였다. 옥을 깎은 듯 얼음을 조각한 듯 기기묘묘한 바위는 비선대의 또 다른 아름다움이다. 넓은 너럭바위에만 정신이 팔려 있던 나의 눈은 비로소 다른 바위에도 시선을 돌리게 되었다.

김유(金楺)도 물과 바위를 강조하였다. 그는 비선대가 기이하고 힘찬 남성미를 보여준다면서 시로 비선대를 노래했다.

시냇물 흐르나 속세의 소리 없고　溪流無俗響
산과 돌 또한 기이한 형태로구나　山石亦奇容
응당 진짜 신선이 살고 있겠지만　應有眞仙住
구름 깊으니 어느 곳에서 만나겠는가　雲深何處逢

물과 바위가 기이한 이곳은 신선이 살만한 곳이다. 신선이 산다고 이곳을 찾는 사람들은 믿지 않을 수 없었다. 너무 아름다워서 '별유천지비인간(別有天地非人間)'이란 표현만이 어울리는 곳이다. 김유는 구름이 끼어서 신선을 만나지 못한 것은 아쉬워한다. 그러나 아쉬워할 필요가 없을 것 같다. 비선대에서 잠시만 있어도 나도 모르게 신선이 되기 때문이다.

깎아지른 듯 서서 연꽃처럼 피어나다

　비선대의 이름을 떨치게 한 것은 계곡 건너편에 우뚝한 봉우리들 때문이기도 하다. 하늘을 찌를 듯한 봉우리들은 왼쪽으로부터 장군봉, 형제봉, 적벽이라 부른다. 적벽은 이름 그대로 붉고 거대한 바위다. 장군봉은 장군다운 모습으로 굳건히 서있다. 왼쪽의 장군봉과 오른쪽의 적벽의 가운데에 있는 형제봉을 두 봉우리가 보호하는 듯하다. 위풍당당 거대한 장벽을 타는 이들은 보는 사람의 가슴을 졸이게 한다.

　이곳은 선인들의 눈에 강렬한 인상을 심어주었다. 유창(兪瑒)은 「관동추순록(關東秋巡錄)」에 이렇게 적고 있다.

비선대

비선대

신흥사(神興寺)를 지나 설악산 계곡 입구로 들어가 식당암(食堂巖)에서 놀았다. 바위는 평평하게 펼쳐져 있고, 층층이 옥설(玉雪) 같다. 물은 흐르다 폭포가 되어 아래 층으로 떨어지고, 좌우의 봉우리들은 연꽃처럼 깎아지른 듯 서 있다. 봉우리의 이름은 속세를 따랐기 때문에 매우 비루하여 북쪽에 있는 것을 고쳐 천주봉(天柱峯)이라 하고, 남쪽에 있는 것을 학소봉(鶴巢峯), 식당암(食堂巖)을 고쳐 백옥대(白玉臺)라 한다.

당시에 세 개의 봉우리들은 각기 이름이 있었다. 그러나 유창은 듣고서 비루하다 여겨 이름을 고치게 된다. 그래서 장군봉은 학이 둥지를 틀었다는 학소봉(鶴巢峯)으로, 적벽은 하늘을 괴고 있다는 천주봉(天柱峯)으로 바꾸었다. 덩달아 식당암(食堂巖)도 옥과 같이 하얗다고 백옥대(白玉臺)라고 하였다.

김원행(金元行, 1702~1772)은 집안 할아버지인 김창흡의 시에 차운하여 식당폭포와 비선대를 읊었는데, 시 속에 비선대를 옹위하고 있는 봉우리들이 우뚝 서 있다.

부챗살처럼 퍼진 바위 떨어질 듯 위태롭고　石扇危欲墮
기이한 봉우리들 뒤질세라 솟아 있네　迸出多奇嶂
시원스레 떨어지는 몇 개의 폭포여　洒落數疊瀑
쏟아지는 물줄기 얼마나 장관인지　噴薄一何壯
깊은 물 높은 산 어우러짐에 묘리 있으니　潭峀有妙理
정말이지 평소 생각과 딱 들어맞는구나　果然愜素想
이내 유람 바야흐로 거침없이 호방하니　吾遊方浩蕩
이제부터 죽장 짚고 봉정암에 올라야지　復理鳳頂杖

바위와 한 몸이 된 글씨의 멋

비선대를 찾은 수많은 시인과 묵객들은 넓은 바위에 앉아 풍류를 즐겼다. 너무 아름다운 비선대를 구경한 것은 가문의 영광이었다. 한번 유람 길에 오르면 적지 않은 시간과 경비가 소요되었던 조선시대에 선택받은 자만이 누릴 수 있는 영광이었다. 그래서 그들은 자신이 왔었다는 것을 흔적으로 남겼다. 지금의 시각으로 보면 자연을 훼손시킨 장본인들로 비난받아 마땅하다. 그러나 그 시대엔 이러한 일탈을 풍류라고 생각하였다. 여하튼 비선대의 너럭바위에 새겨진 글씨들은 비선대의 또 다른 멋이 되었다.

가장 유명한 글씨는 초서체로 쓴 '비선대(飛仙臺)'이다. 글자 하나의 지름이 1m 정도쯤 되는 이 글씨는 윤순(尹淳, 1680~1741)의 필체다. 이헌경(李獻慶, 1719~1791)의 「식당폭명(食堂瀑銘)」에 "위에 새긴 비선대 세 자는 상서(尙書) 윤순(尹淳)의 글씨다. 아래에 있는 와선대 또한 윤순의 글씨라고 한다."라고 적어놓았다. 윤순은 시문은 물론 산수·인물·화조 등의 그림도 잘하였다. 특히, 조선 후기를 대표하는 글씨의 대가로 우리나라의 역대서법과 중국서법을 아울러 익혀 한국적 서풍을 일으켰다고 평가받는다. 그의 문하에서 이광사(李匡師) 등이 배출되었다. 김정희(金正喜)는 『완당집(阮堂集)』에서 "백하의 글씨는 문징명(文徵明)에서 나왔다."고 하는데, 그는 옛사람의 서풍을 자유자재로 구사할 수 있는 대가의 역량을 지녔음을 알수 있다.

김창흡(金昌翕, 1653-1722)의 글이 없을 수 없다. 그는 1705년에 「설악일기(雪岳日記)」를 남긴다.

어렵게 10리쯤 가서 식당암(食堂岩)에 이르렀다. 암석이 평평하고 반들반들하여 앉을 만하다. 좌우로 빽빽하고 빼어난 봉우리와 절벽이 매우 많다. 그중에 금강굴(金剛窟)이 최고로 기이하다. 곁에 매우 아름다운 붉은 절벽이 있는데 무척 아름답다. 우러러 보고 당겨 보기도 하며, 굽어보며 숨을 몰아쉬니 정신과 가슴이 시원하다. 만약 그 뛰어난 아름다움이 모두 갖추어진 것을 논한다면 곡연(曲淵:백담계곡) 중에도 짝할 만한 것이 드물 것이다. 단지 하나의 구비에만 그쳐 층진 것이 드러나고 겹쳐진 것이 나타날 수 없어 화창하지 못하다. 이곳이 상식당(上食堂)인데, 비선대(飛仙臺) 세 글자를 새겼다. 하식당(下食堂)의 운치는 조금 못한데, 와선대(臥仙臺)라 새겼다. 십 리를 가서 신흥사(神興寺)에 도착했다. 자리 잡은 곳이 거칠고 누추하다. 남쪽에는 권금성(權金城)과 토왕성(土王城)이 은은하게 둘러싸고 있다.

오세암을 경유해서 마등령에 오른 김창흡은 비선대로 향하였다. 그는 비선대에서 '비선대(飛仙臺) 세 글자를 새겼다'라고 실토한다. 이것을 어찌 해석해야 하는가? 김창흡은 전국의 산천을 두루 유람했으나 글씨를 남긴 적이 없었기 때문에 이 구절을 '비선대 세 글자가 새겨져 있었다'라고 보아야 한다는 주장도 일면 일리가 있지만, 윤순이 초서체로 쓴 글씨 위의 해서체 '비선대'는 김창흡의 글씨일 가능성이 높다.

김창흡이 비선대를 방문한 시기는 1705년이었다. 윤순이 쓴 '비선대'는 언제 새겨진 것일까? 이헌경(李獻慶, 1719~1791)은 1758년 이후부터 1762년 사이에 양양부사로 있었다. 최소한 이헌경의 재직 기간 이전에 윤순의 글씨가 새겨진 것이다. 그러면 윤순은 언제 비선대를 방문하였는가? 김창흡이 방문했던 1705년은 윤순의 나이 26이었다. 그 시기에 그는 하곡(霞谷) 정제두(鄭齊斗) 밑에서 공부하는 중이었다. 그는 숙종 36년인 1710년에 정릉(靖陵) 참봉(參奉)이 되고, 1712년 구일제(九日製)에 수석으로 뽑혔다. 그리고 1713년에 전시(殿試) 병과(丙科)로 합격하여 승문원에 분관되었다. 윤순이 20대 중반에 비선대에 와서 글씨를 남겼다고 보기에는 어렵지 않을까? 그렇다면 김창흡이 비선대에 왔을 때는 윤순의 글씨가 없었다고 보는 것이 합당할 것이다. 김창흡과 윤순은 와선대란 글씨도 새겼으나 찾을 길 없다.

김창흡의 '비선대' 글씨 위로 이명연(李明淵, 1758~ ?)이 있다. 그는 사간원 정언으로 있으면서 민생의 어려움을 이유로 금주를 주장하여 왕의 허락을 얻는 등 활발한 언론활동을 하였다. 1797년 사헌부집의로 있을 때 장문의 상소를 올려 시폐와 왕의 잘못을 숨김없이 극간하였다. 이 상소가 들어오자 대신을 비롯하여 사헌부·사간원 양사에서 시국을 비방한 죄로 끊임없이 탄핵하였으나 정조가 홀로 그의 충성됨을 알아 끝까지 옹호하여주었다. 문장이 웅대하여 붓을 한번 들면 수천 글자를 썼다고 한다.

홍치규(洪穉圭, 1777~?)노 보인다. 대수폭포를 간마하는 곳에 새겨진 '구천은하(九天銀河)' 글씨 옆에 '사홍치규(使洪穉圭)'가 새겨져 있는데, 홍치규(洪穉圭)는 헌종(憲宗) 3년(1837)에 강원감사를 지낸 적이 있다.

'비선대' 글씨 오른쪽에 안사(按司) 윤명렬(尹命烈, 1762~1832)과 윤치원(尹致遠)이 있다. 윤명렬은 병조참지를 거쳐 외직으로 나가

비선대 바위글씨

광주목사(光州牧使)가 되고, 뒤에 형조참의·강릉부사·대사간·좌승지·
호조참판을 거쳐 사신이 되어 청나라에 다녀왔다. 청의 수도 연경(燕京)에
머무르는 동안 몸가짐을 근엄하게 하고 유람을 일삼지 않았으며, 공무가 아
니면 관외(館外)에 나가지 않아 비리에 관여하지 않아 사람들이 공경하고
어렵게 여겼다 한다. 이어 병조참판·강원도관찰사·동지중추부사를 거쳐
가의대부로 품계가 올라 이조참판과 한성좌윤에 임명되었으나 모두 사퇴
하였다. 강원도관찰사였을 때 온 것으로 보인다.

윤순의 '비선대' 글씨 주변은 사람이 많아 혼잡하다. 좋은 터를 잡은 사
람, 물가에 있는 사람, 바위 벼랑에 새긴 사람, 크게 새긴 사람, 조그맣게 새
긴 사람. 혼자 온 사람, 여럿이 온 사람 등 제각각이다.

이연(李渷)은 수렴동에서도 보았고, 계조암에서도 봤는데 이곳에서 보니
반갑다. 홍봉조(洪鳳祚, 1680~1760)와 박필정(朴弼正, 1685~ ?)은 무진년
(戊辰年)인 1748년 가을에 왔다고 알려준다. 왕위계승을 둘러싸고 노론과

소론 사이에서 일어난 신임사화 때 온성에 유배되었다가, 1724년 영조가 즉위하자 풀려나와 이듬해 증광문과에 을과로 급제하고, 1738년 헌납, 이듬해 부응교, 1740년 집의를 거쳐 1747년 강원도관찰사를 지냈다.

박필정은 1711년(숙종 37) 식년문과에 을과로 급제하고, 1718년 사간원정언(司諫院正言)을 거쳐, 1720년 사헌부장령(司憲府掌令)이 되었다. 숙종·경종·영조 등 3대의 20여 년 동안 요직에 있으면서 신임을 받았고 정사 논의에는 강직한 발언을 하였다. 또한 문서의 번복을 꺼림에 임금도 그의 성의를 알고 듣는 때가 많았다고 한다. 계조암에서 봤던 서념순(徐念淳)도 보인다. 다대포 첨사를 지낸 무신 이해문(李海文, 1712~1772)도 있다. 조엄(趙曮)을 정사(正使)로 한 조선 통신사행에 정사의 배를 검사하는 명무군관(名武軍官)으로 동행하여 일본을 방문하였고, 이듬해 5월 부산포로 귀국한 다음 11월에 다대포 첨사가 되었다. 이때 통신사행에서 얻은 경험을 바탕으로 일본 세견선의 출입을 단속하고 밀무역을 철저히 근절하여 그 공로로 중앙 무관직인 오위장으로 영전하였다.

관찰사 홍경모(洪敬謨)는 계조암에도 들렀는데 아들인 홍익주(洪翼周)와 다정차다. 이원일(李源逸, 1842 ?)은 탐방로 대그 밑에 있어서 찾기 힘들다. 1890년 강원도 관찰사에 임명되어 고종에게서 울릉도의 산림을 벌채하는 일본인을 철저히 막으라는 지시를 받고 부임하였다. 그러나 함경도 방곡령(防穀令) 사건으로 일본정부의 견제를 받고 있던 함경도 관찰사 조병식(趙秉式)과 잠시 서로 자리를 바꾸었다가 다시 강원도 관찰사가 되었다. 그리고 장릉수개(莊陵修改)

시에는 감동(監董)으로 가자되었다. 1891년 강원도 관찰사로 재직 당시 고성에서 민란이 일어나자 이를 진압하였다는 기록도 있다.

여러 글씨 중 독특한 것은 김옥균(金玉均, 1851~1894)의 이름이다. 그의 양부 김병기(金炳基, 1814~?)가 강릉 부사에 재직할 때, 큰아버지 김병규(金炳奎)와 이곳을 찾은 것으로 보인다. 조선말기 외세의 틈바구니에서 개화사상을 부르짖던 풍운아 김옥균은 조선의 근대화를 추진하고자 했다. 하지만 자금이 부족했던 데다, 당시 정치 실세였던 민씨 정권과 그 배후세력인 청나라의 방해로 계획은 뜻대로 되지 않았다. 그리하여 갑신정변을 일으켰으나 청군의 개입과 일본의 배신으로 그의 정변은 사흘 만에 진압되었고 개혁의 꿈도 물거품이 되었다. 굳센 필치가 당시의 결의를 보여주는 듯하다.

비선대 바위글씨

'은폭상하(銀瀑上下) 선인비와(僊人飛臥)'라 새긴 글귀도 눈에 띤다. '은빛 폭포는 위 아래에 있고 신선은 날기도 하고 눕기도 하네'라고 해석이 가능할 것 같다. 비선대의 두 폭포와 그곳에서 신선같이 노니는 사람들을 묘사한 것이 아닐까?

설악산 주변에 있는 부사들이 단합대회를 한 것 같다. 여섯 사람이 나란히 새겨져 있다.

고성군수高城郡守 윤자일尹滋一
통천군수通川郡守 안효근安孝根
흡곡현령歙谷縣令 서사순徐士淳
홍천현감洪川縣監 홍병원洪秉元
인제현감麟蹄縣監 박제송朴齊菘
상운찰방祥雲察訪 위종선魏鍾善

관찰사 박종길(朴宗吉)도 보인다. 그는 1827(순조27) 문과에 급제하였다. 1846년(헌종12년)에 강원도 관찰사를 역임했다.

한참 옛사람들을 찾다가 물소리에 정신이 들어 머리를 드니 건너편 바위에 새겨진 이름들이 부른다. 마침 겨울이라 건너 뛸 수 있었다. 순사(巡使) 정원용(鄭元容)이 제일 먼저 눈에 들어온다. 정인용은 설악산에 없는 곳이 없다. 수렴동과 오세암에서 보았고, 흔들바위에서도 만날 수 있었다. 설악산을 함께 유람한 사람들이 옆에 나란히 있다.

정기세(鄭基世, 1814~1884)는 정원용의 아들이다. 그는 문장과 서예에 조예가 깊어 몇 차례나 제술관(製述官)과 문서사관(文書寫

비선대 바위글씨

官)에 임명되었다. 또한 강화부유수와 전라도관찰사 재직 시 세제(稅制)를 공정하게 다루고 문교(文敎)를 진흥하는 등 선정을 베풀었다. 정기세는 겸손하여 다른 사람과 잘 거스르지 않고 기쁜 일을 잘 알려 주어 '까치판서'라는 별명이 전한다. 이유원(李裕元, 1814~1888)의 문집인 『임하필기(林下筆記)』는 정기세에 대한 인물평으로 "크건 작건 익숙하지 않은 일이 없게 되었으며, 오늘날 의절과 전고에 관한 일은 그보다 나은 자가 없으니, 그야말로 재상 집안에서 재상이 나온 셈이다"라고 평가하고 있다. 서장순(徐長淳)은 헌종(憲宗) 9년(1843)에 식년시(式年試)에 급제하였다. 유노수(柳魯洙)는 순조(純祖) 14년(1814) 식년시(式年試)에 급제하였다.

눈에 익은 이름들을 보니 반갑다. 서정보(徐鼎輔)는 계조암에서 보았고, 지부(知府) 강시환(姜時煥)은 흔들바위에서, 한용겸(韓用謙)은 옥녀탕과 흑선동, 계조암에서 보았다. 이상악(李商岳)은 수렴동과 계조암에서 보았다.

다른 분들에 대해 간략하게 살펴본다.

비선대 바위에 새겨진 이름

· 김광준(金光準): 1519년(중종 14) 별시문과에 병과로 급제. 예문관검열 을 거쳐, 승정원주서 를 역임하고 1532년 이조정랑 에 이르렀다. 헌납으로 옮겼다가 장령으로 승진.

· 김기(金錡): 헌종(憲宗) 14년(1848) 증광시(增廣試) 급제.

· 김병익(金炳翊, 1837~1921): 한말의 관료. 일제 강점기의 조선귀족으로, 자는 좌경(左卿)이 며, 본관은 안동이다.

· 김병익(金炳翊, 1837~1921): 문신 · 고위관료 · 친일반민족행위자.

· 김보연(金普淵): 순조(純祖) 4년(1804) 식년(式年) 급제.

· 박성태(朴聖泰): 영조(英祖) 4년(1728) 별시(別試) 급제.

· 박종항(朴宗恒): 정조(正祖) 16년(1792) 식년시(式年試) 급제.

· 박증환(朴增煥): 순조(純祖) 22년(1822) 식년시(式年試) 급제.

· 박필정(朴弼正): 1711년(숙종 37) 식년문과에 을과로 급제.

· 변종륜(卞鍾崙): 순조(純祖) 9년(1809) 증광시(增廣試) 급제.

· 변홍규(邊弘圭): 원주(原州) 언양역사 명환 시전(視篆) 6년에 유학풍(儒學風)을 크게 진작시 켰다. 변홍규(邊弘圭): 본관 원주(原州), 언양현감 철종 임자년(1852) 8월에 부임하여 폄하 되었으나 정사년(1857) 6월에 임기를 마침

· 송재성(宋在誠): 순조(純祖) 19년(1819) 식년시(式年試) 급제.

· 유정양(1767~ ?): 생원으로서 1809년(순조 9) 증광문과에 갑과로 급제하여 사관을 거쳐서 홍문관에 등용되었다. 1811년 태천현감으로 있을 때 홍경래(洪景來)의 난을 만나 진무하지 못하고 영변으로 도망한 죄로 한때 파직당하였으나, 정상이 참작되어 다시 재등용되고, 이어 수찬 · 집의 등을 역임하였다. 1813년 10월에는 동지사(冬至使)의 서장관으로 정사 한용탁 (韓用鐸)과 부사 조윤수(曺允遂)와 함께 청나라에 다녀왔다.

· 유화(柳訸): 순조(純祖) 1년(1801) 정시(庭試) 급제.

· 윤동만(尹東晚): 영조(英祖) 46년(1770년) 정시(庭試) 급제.

· 윤치원(尹致遠): 순조(純祖) 29년(1829) 정시(庭試) 급제.

· 이규청(李圭靑): 순조(純祖) 7년(1807) 식년시(式年試) 급제.

· 이노준(李魯俊): 순조(純祖) 5년(1805) 증광시(增廣試) 급제.

· 이면희(李冕熙): 고종(高宗) 22년(1885) 증광시(增廣試) 급제.

· 이민수(李民秀): 순조(純祖) 27년(1827) 증광시(增廣試) 급제.

· 이병구(李秉九): 고종(高宗) 31년(1894) 식년시(式年試) 급제.

· 이상우(李尙愚): 순조(純祖) 3년(1803) 알성시(謁聖試) 급제.

· 이인기(李寅夔, 1804~?): 1839년(헌종 5)에 정시(庭試) 병과(丙科)에 합격 출사(出仕)하였다. 1865년 3월강화부(江華府) 유수(留守)에 임명되어 부내의 진(鎭), 보(堡), 성채, 행궁(行宮) 등의 시설물 일체와 정족산성(鼎足山城) 선원각(璿源閣)을 정비 보수 공사를 추진하였다.

· 이인승(李寅升): 순조(純祖) 10년(1810) 식년시(式年試) 급제.

· 이인직(李寅稷): 순조(純祖) 34년(1834) 식년시(式年試) 급제.

· 이종식(李鍾植): 철종(哲宗) 12년(1861) 주학(籌學) 급제.

· 이지연(李止淵): 1805년(순조 5) 진사가 되고, 별시 문과에 병과로 급제하였다. 1837년(헌종 3) 우의정이 되고 이듬해 실록청의 총재관이 되어 『순조실록』 편찬에 참여하였다.

· 이진풍(李鎭豊): 순조(純祖) 3년(1803) 주학(籌學) 급제.

· 이호근(李虎根): 고종(高宗) 31년(1894) 식년시(式年試) 급제.

· 이후수(李後秀): 정조(正祖) 13년(1789) 식년시(式年試) 급제.

· 장한철(張漢喆, 1744~?): 울흥한 마을을 기르고자 나이 26세인 1768년(영조 44)에 남제주의 산방산(山房山)을 오르고, 이듬해에는 한라산을 정복하였다. 1770년 향시에 합격한 뒤 이해 12월 25일 대과에 응시하고자 장삿배를 타고 29명의 일행과 함께 제주항을 떠났으나 풍랑을 만나 유구(琉球)의 호산도(虎山島)라는 무인도에 표착하였다. 갖은 고생 끝에 1771년 2월 3일 서울에 도착하여 3월 11일 식년전시(式年殿試)에 응하였다. 그러나 실패하고 5월 8일 귀가하여 「표해록(漂海錄)」을 지었다. 1775년 5월 26일 친림근정전 경과 정시문과(親臨勤政殿慶科庭試文科)의 별시에 합격하였다. 벼슬은 대정현감, 강원도 흡곡현령(歙谷縣令) 등 말직에 머물렀다.

· 조한시(趙漢始): 고종(高宗) 11년(1874) 증광시(增廣試) 급제.

· 홍원섭(洪元燮): 영조 때 사마시(司馬試)에 합격한 후 음보(蔭補)로 참봉(參奉)이 되고 1790년(정조14) 황주 목사(黃州牧使)를 거쳐 1799년 사복시정(司僕寺正)을 지냈다.

· 조진호(趙縉鎬): 양양도호부사(襄陽都護府使)를 지냈다.

· 고득필(高得弼), 고종삼(高宗三), 군관(軍官) 박종두(朴宗枓), 권순(權洵), 권우인(權愚仁), 권중선(權中羨), 김성천(金聲天), 김용(金鎔), 김응기(金應基), 김재엽(金載曄), 김필(金鉍), 남윤묵(南允黙), 박기원(朴基元), 박완식(朴完植), 박윤식(朴允植) 무자(戊子) 계춘(季春), 박증환(朴增煥), 변일훈(邊一勳), 서석순(徐奭淳), 서장순(徐長淳), 성우석(成禹錫), 성윤일(成潤鈗), 송윤철(宋允哲), 송재성(宋在誠), 송택진(宋宅鎭), 신최락(辛最樂), 심순택(沈舜澤), 심안지(沈安之), 심의진(沈宜晉), 양건식(梁健植), 오경연(吳慶延), 오현모(吳鉉模), 유경한(柳經漢), 유노수(柳魯洙), 유정량(柳鼎養), 윤기식(尹耆植), 윤동만(尹東晩) 윤득언(尹得彦), 윤종의(尹宗儀), 윤행희(尹行熙), 윤헌(尹憲), 이갑술(李甲戌) 자(子) 현희(玄熙) 용희(用熙) 원희(袁熙), 이광문(李光文), 이도식(李道植), 이도연(李陶淵), 이돈수(李敦秀), 이두백(李斗白), 이면인(李勉人), 이민수(李敏壽), 이보중(李普中) 자(子) 학조(學祚) 유호(儒祜) 위호(偉祜), 이순연(李純淵), 이술(李述), 이시호(李時虎), 이약수(李若洙), 이용하(李龍夏), 이원익(李遠翊), 이의성(李義聲), 이의열(李義悅), 이익노(李翼魯) 자(子) 보룡(寶龍), 이인운(李寅運), 이양춘(李陽春) 정사(丁巳) 맹하(孟夏), 이장엽(李長燁), 이정택(李鼎宅), 이조연(李祚淵), 이종손(李宗孫), 이종숙(李鍾淑), 이철우(李哲愚), 이호문(李浩文), 장순겸(張舜謙), 정기세(鄭基世), 정덕홍(鄭德弘), 정봉혁(鄭鳳赫), 정은(鄭隱), 지일호(池日浩), 최창호(崔昌浩), 최칭(崔秤), 한세백(韓世伯), 황종규(黃鍾圭), 황종림(黃鍾林), 황주하(黃柱河).

원효대사가 수도하던 금강굴

비선대 앞에 우뚝 솟은 장군봉 허리에 금강굴이 있다. 굴의 깊이는 18m 정도 되고, 넓이는 약 7평정도 된다. 일찍이 원효대사가 수도했다고 전해지는 곳이다. 불을 땠던 구들의 흔적과 불상 등의 유물이 있었다고 한다. 지금은 새로 단장하여 불심 깊은 방문객들을 맞이하고 있다.

김창흡은 「설악일기(雪岳日記)」에서 비선대 좌우로 빽빽하고 빼어난 봉우리와 절벽이 매우 많은데, 그 중에 금강굴(金剛窟)이 제일 기이하다고 언급하였다. 안석경도 「동행기(東行記)」에서 금강굴을 적어 놓음으로써 예전부터 금강굴이 알려져 왔다는 것을 알려준다. 1960년대 말 속초에 사는 사람에 의해 처음으로 발견되었다는 설은 설일 뿐이다. 주세붕(周世鵬, 1495~1554)의 「과천후산(過天吼山)」에도 금강굴이 등장하는 것으로 보아 널리 알려졌던 것 같다.

> 양양의 천후봉을 바라보고　一望襄州天吼峯
> 만 겹 철로 된 연꽃에 놀랐네　驚看萬疊鐵芙蓉
> 구름 속 금강굴을 찾아가려는데　穿雲欲訪金剛窟
> 신선은 아름다운 용모로 있겠지　應有仙人玉雪容

비선대를 지나 금강굴로 가는 길은 고통스런 순례길이다. 장군봉 앞에 도달하면 왼쪽은 마등령 방향이고, 오른쪽은 금강굴로 향하는 길이다. 몇 차례 가다 서다를 반복하고, 아찔한 계단을 꼭 부여잡고 올라서면 천불동계곡이 내려다보이는 전망대가 나온다. 오금이 저

금강굴

금강굴에서 바라본 천불동

려오면서 저절로 뒷걸음치지만, 황홀한 광경에 이내 잊어버린다. 한참 동안 설악산이 보여주는 파노라마에 망연자실하지 않을 수 없었다. 또 나의 담력을 시험한다. 경사 높은 계단은 떨어질 것만 같다. 무서움에 다리의 피로를 까맣게 잊게 된다. 올라가다가 뒤를 돌아보면 나도 모르게 아랫배로 전기가 지나간다. 그러나 천불동 뒤로 솟은 봉우리들 때문에 자꾸 뒤로 돌아보지 않을 수 없다. 각기 모습이 다른 불상 1,000여 개를 새겨놓은 듯해서 천불동이다. 아직 부처님의 모습은 보이지 않지만 기묘한 바위 봉우리들은 저마다 아름다움을 뽐내기 위해 목을 길게 빼고 하늘로 오른다.

짧고 굵게 고생하며 오른 금강굴에는 소박한 불당이 마련되어 있다. 입구에 마련된 나무의자에 앉아 굴 바깥을 바라보는 것은 또 다른 감동이다. 멀리 중청봉이 보이고, 공룡능선과 화채능선이 뾰족뾰족 날을 세우고 있다. 혹 원효대사가 여기서 수도를 했다면 아마도 제대로 도를 닦지 못했을 것 같다. 굴 밖에 펼쳐진 장관을 구경하느라 정신이 없었을 것이고, 직접 가보고 싶어서 가만히 앉아 있질 못하였을 것 같다. 자신을 유폐시키고 용맹정진하려고 왔는데 웬 걸? 산봉우리에 정신을 빼앗기고 말았을 것이다. 그런데 또 곰곰이 생각하니 반대일 것 같기도 하다. 하염없이 바라보다가 문득 깨달음을 얻었을 것이다. 봉우리 봉우리가 모두 부처님으로 보이는 것이 아닌가? 부처는 어디 먼 곳에 있는 것이 아니다. 우리의 옆에 있는데 보지 못할 뿐이다.

3

한 줄기 바람처럼
한계령 가는 길

―

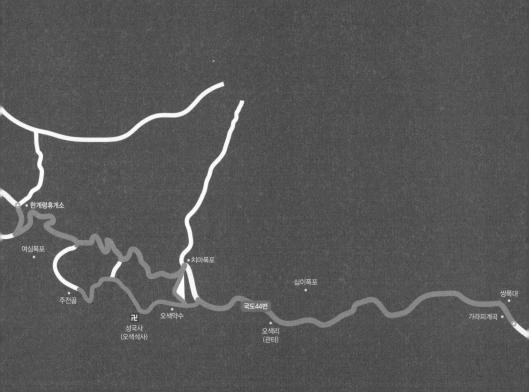

한계령휴게소

여심폭포

주전골

성국사
(오색석사)

오색약수

치마폭포

국도44번

십이폭포

오색리
(관터)

쌍폭대

가라피계곡

한 줄기 바람처럼 한계령 가는 길

옛 선비를 따라 길을 나서다

양양에서 백두대간을 넘어 인제로 향한 조선시대 사람들은 어디를 경유해서 갔을까? 참으로 흥미롭다. 그러나 길을 추적하는 일은 참으로 어렵다. 양양과 인제를 이어주는 고개는 놀랄 정도로 많다. 한계령, 또는 오색령 뿐만이 아니다. 필례령과 연수파도 보인다. 조침령과 구룡령은 한계령 남쪽에 있는 커다란 고개다. 논란이 되고 있는 소동라령도 어디쯤에 있었다. 양양에서 진동을 잇는 박달령과 북암령, 진동과 인제 귀둔을 잇는 곰배령도 중요한 고개 중의 하나다. 남효온(南孝溫, 1454~1492)과 문익성(文益成, 1526~1584) 등 옛 선비가 걸었던 옛 길을 따라가 본다.

남효온은 성종 16년인 1485년 4월 15일부터 윤 4월 21일까지 금강산을 여행하고 「유금강산기(遊金剛山記)」를 남긴다. 이 속에 양양에서 인제까지의 여정이 들어있다. 그의 문집 『추강집(秋江集)』에 수록되어 있다. 문익성은 양양 군수로 있던 1575년에 최도경(崔蹈景) · 배경부(裵景孚) 및 두 아들과 함께 고개를 넘어 대승폭포까지 여행하고 「유한계록(遊寒溪錄)」을 작성한다. 그의 문집인 『옥동선생문집(玉洞先生文集)』에 실려 있다.

소어령을 넘으며 설악을 바라보다

양양을 출발하여 인제로 향하는 차는 꼬불꼬불한 고갯길을 넘어야했다. 설악산이 저 멀리 있는데 난데없이 나타난 고개에 당혹했었다. 그런데 언젠가부터 양양 읍내를 벗어나자마자 넓게 뚫린 길로 들어서면 터널로 안내해준다. 길을 직선화하느라 웬만한 곳은 터널이 생겨서 이야기를 만들어주던 고개는 버림받게 되었다. 사고 위험도 줄고 통행 시간이 10여 분 이상 단축되었노라고 자랑이 대단하다. 그러나 얻는 것이 있으면 잃는 것이 있는 법. 무미건조해져 버렸다. 감동을 주는 풍경이 사라져버렸다. 터널 속에 진입하면 얼른 빠져나오기 위해 엑셀레이터를 밟는다. 중간 과정은 생략되고 도달 지점만 남는다. 대관령을 지날 때마다 느꼈던 것을 전국 어디서도 쉽게 체험하게 되었다. 게다가 터널 몇 개가 이어진 대관령은 바람을 막느라 높은 펜스를 설치해서 동해바다를 쉽게 보지 못하고 안전하게 달리기만 한다. 신사임당이 강릉을 바라보면서 어머니를 그리던 곳에 들러 구름 아래 강릉을 망연히 바라보곤 했었다. 그러나 이젠 그저 달려야 한다. 쉴 곳은 호두과자와 아메리카노가 깨끗하게 구비된 휴게소뿐이다. 터널로 이루어진 길의 백미는 춘천에서 양구 가는 길이다. 멀미나도록 구불구불했었다. 소양호를 따라 골짜기를 들어갔다가 나오기를 무한 반복하였다. 시간도 꽤 걸렸지만 산과 호수의 풍광을 오롯이 만끽할 수 있었다. 그러나 요즘은 5㎞ 넘는 배

후령 터널부터 시작하여 6개의 동굴이 일렬로 기다린다. 통과했다 싶으면 바로 또 터널이다. 비록 빨라졌으나 아무 감동 없는 길이 되어버렸다. 그래서 '청춘 양구'로 가는 길은 고통스럽다. 배부른 소리라고 욕할지도 모르겠다. 그러나 나는 구불구불한 좁은 길을 달리고 싶다.

양양에서 오색으로 가다가 넘어야 했던 고개의 이름은 다양하다. 남효온은 소어령(所於嶺)이라고 적어 놓았다. 기억에 강렬하게 남아 있었기 때문에 글에 기록될 수 있었을 것이다. 문익성은 한령(寒嶺)이라고 적는다. 그는 고갯마루에서 말을 멈추고 잠시 동쪽으로 푸른 바다를 바라보았다. 서쪽으로 머리를 돌리니 설악의 바위들이 높이 솟아 벌써 흥이 일어났다. 마을 사람들은 발딱고개라고 불렀는데 이제는 터널 위에서 바삐 오가는 길손들을 쓸쓸히 바라보고 있다.

몇 잔 술 마시니 속세가 점점 멀어지네

고개를 내려가면 가라피리(加羅皮里) 마을이다. 가래나무가 많다 하여 붙여진 지명이라고 한다. 문익성의 「유한계록(遊寒溪錄)」에 이 마을에 대한 묘사가 자세하다.

고개를 내려와서 5리쯤 가니 그윽하고 조용한 골짜기가 있는데 이름이 백암(白巖)이다. 몇 개의 서까래로 지은 초가집이 온 골짜기의 경치를 독차지하고 있으니, 진실로 그림 속 외진 마을이다. 서쪽으로 2리쯤 가서 시내 하나를 건넜다. 서성이며 사방을 돌아보니 끊어진 산기슭이 하나 있는데, 암벽이 천 길 솟아 있다. 두 시내가 끼고 흐르며 거센 폭포가 옥 같은 물방울을 뿜어낸다. 아래의 석담(石潭)은 깊고 맑으며, 위에는 푸른 소나무가 어울려 푸르니 참으로 명승지이다. 석축대(石築臺)로 옮겨가서, 그 위에 줄을 지어 앉았다. 이곳이 팔선(八仙) 구역 중 첫 번째이다. 도경에게 이름을 짓게 하니 쌍폭대(雙瀑臺)라 한다. 경부(景孚)에게 늙은 잣나무 줄기에 희게 글씨를 쓰게 했다. 또 아이들에게 낚시를 하게 하여 송강(松江)의 송사리를 얻어 회를 쳤다. 추로주 몇 잔을 주거니 받거니 하며 청담으로 반나절을 보내니, 속세에 대한 생각이 점점 작아짐을 문득 느꼈다.

백암리라 했으나 백암리는 오색리에 속하는 자연부락이다. 문익성이 찾았을 때는 가라피리가 백암리에 속했을 가능성이 있다. 가라피리에 다리가 하나 있다. 다리 이름은 가라피교. 조그만 계곡에 놓인 다리다. 다리 위에서 상류 쪽을 바라보면 폭포가 시원스럽게 떨어진다. 장대한 폭포만 본 사람의 눈에는 성에 찰리 없을 테지만 양양에서 설악으로 가는 길에 처음 만나는 폭포이기 때문에 문익성의 눈에 보였을 것이다. 다리에서 오색천으로 눈을 돌리면 커다란 바위 옆으로 하얗게 부서지며 흐르는 물이 바위 위 푸른 소나무와 대비를 이루며 아름다운 풍경을 연출한다. 세차게 흐르던 물은 잠시 숨을 고르며 못을 이룬다. 석담(石潭)이다. 멋진 풍경을 보는 눈은 다 같다. 펜션이 어김없이 옆에 들어섰고, 물놀이를 하는 가족 모습이 마냥 즐겁다. 도로를 벗어나 계곡 쪽으로 내려가면 커다란 너럭바위다. 석축대(石築臺)라 이름 붙일 만하다. 문익성은 석축대에 앉아 술을 마시며 세상사를 잊었다. 석담(石潭) 옆 바위 이름은 쌍폭대(雙瀑臺)이리라. 술 한 잔에 취기가 오른 문익성은 「쌍폭대(雙瀑臺)」 한 수를 흥얼거린다.

석축대

보이는 건 높이 떠받드는 옥을 깎은 봉우리   面面高撑削玉峯
맑은 시내 영롱한 푸른 물을 섞어 붓누나   清溪交注碧玲瓏
외로운 대는 아득한 곳 내려 보면서   孤臺俯瞰三千尺
황홀하게 하늘에서 학을 타고 바람 쐬네   怳駕晴空鶴背風

남효온은 이곳을 "고개를 내려오니 냇물은 왼편에 있고, 산봉우리는 바른
편에 있다. 산기슭을 다 지나서 냇물을 건너 왼편으로 가니 물은 맑고 산은
빼어나며 하얀 돌이 겹쳐 쌓여 대체로 금강산의 대장동과 같다"고 하였다.

오색역에서

조선시대에는 역마제(驛馬制)라 하여 주요 도로에 대략 30리 거리마다
역(驛)을 설치하여 말과 역정(役丁)을 갖추고 공문을 전달하거나 공무 여행
자에게 말을 제공하고 숙식을 알선하였다. 오색리에 오색역이 있었다. 아직
도 '역말' 또는 '관터'라는 이름이 옛 일을 기억하고 있다. 말을 키우던 곳이
라는 마산(馬山)도 역과 관련이 있다.

오색역은 성종(成宗) 24년인 1493년에 폐쇄된다. 『신증동국여지승람』은
양양의 소동라령(所冬羅嶺)이 험하여 미시파령(彌時坡嶺)이 열리면서 오색
역(五色驛)을 철거하였다고 알려준다. 남효온이 오색역을 찾은 때는 성종
16년인 1485년이었다. 오색역에서 하룻밤을 묵는다. 「유금강산기(遊金剛山
記)」에도 "물줄기를 따라 올라가서 오색역에 당도하니, 하얀 달이 벌써 산
위에 둥실 높이 떴다"고 적는다. 문익성이 이 곳을 찾았을 때는 역이 폐쇄된
후인 1575년이다. "시내를 거슬러 10리 쯤 가니 옛 역 터다. 그 사이에 맑은

오색리

물과 흰 바위가 있어 갈수록 더욱 기이하다"고 기록한다.

성현(成俔, 1439~1504)도 오색역에서 하룻밤을 묵었던 적이 있었다. 아마 강원도 관찰사를 역임하던 1483년인 것 같다. 「오색역에서 자다」란 시를 남긴다.

바닷가 천리를 다 지나와서는　　過盡海千里
비로소 만겹 산을 따라 들었네　　始綠山萬重
황량한 시내는 작은 골에 흐르고　　荒溪開小谷
판잣집은 외로운 산에 의지했는데　　板屋倚孤峯
나무가 빽빽해 새소리는 들레고　　樹密多禽語
숲이 깊어 범 발자국도 찍혀 있네　　林深印虎蹤
옷 벗고 그럭저럭 앉은 채로 졸고　　解衣聊假寐
해가 높이 오르길 앉아서 기다리네　　坐待日高舂

지금은 한계령을 넘나드는 사람들의 발길이 끊어지질 않지만 예전에는 궁벽한 곳에 자리 잡고 오가는 길손을 기다렸다. 한계령을 넘는 사람도 있었지만 박달령을 넘는 사람도 있었다. 단목령이라고도 부르는 박달령은 오색마을과 진동리를 잇는 백두대간 고개로 인제 귀둔 사람들은 소금을 구하기 위해 노새를 끌거나 통지게를 지고 양양시장까지 100리 길을 걸어서 다녔다. 심마니와 약초꾼들이 이용하던 고갯길이기도 하다.

바드라재[所等羅嶺]는 어디인가

『세종실록』 지리지에 양양과 인제 경계에 있는 바드라재[所等羅嶺]가 등장한다. 실록을 번역한 분은 바드라재에 대한 주석을 자세하게 달아놓는다.

> 바드라재[所等羅嶺] : '소등(所等)'이 조선 중기의 『신증동국여지승람』이나 조선 후기의 각종 지도류에 '소동(所冬)' 또는 '소동(所東)'으로 표기되어 있으나, 이 『세종실록』 지리지의 태백산 사고본이나 정족산 사고본에는 모두 '소등(所等)'으로 표기되어 있어 원문대로 번역하고 이두 발음을 살려 표기하였다.

'바드라[所等羅]'에서 등(等)은 가지런하다는 뜻으로, 라(羅)는 벌리다로 해석할 수 있을 것이다. 가지런히 벌려 있는 고개는 어디를 말하는 것일까?

이후 소동라령(所冬羅嶺)이 등장한다. 같은 곳의 다른 표현이다. 『신증동국여지승람』은 "부 서쪽 60리에 있으며 겹쳐지고 포개진 산맥에 지세가 험하고 궁벽지대[重巒疊嶂地勢險阻]. 예전에는 서울로 통하는 길이 있었으나 지금은 없어졌다."라고 알려준다. 겹쳐지고 포개진 곳, 그곳은 산들의 연속이었다.

바드라재는 어디를 가리키는 것일까? 분분한 논란에 하나의 설을 더 제기해본다. 여러 근거 중 오색역(五色驛)에 일단 주목해본다. 조선시대에 오색리에 오색역이 있었고, 남효온과 성현은 역에서 자면서 시를 남기기도 했다.

인제쪽에서 양양쪽으로 넘었는지, 아니면 반대였는지 알 수 없지만 그는 「소동라령을 넘어가다」란 시를 남긴다. 소동라령에 대한 유일한 시다.

> 험준한 고개 겹겹이 서려 하늘에 솟았는데　峻嶺盤回入太空
> 높은 숲 속 깊숙한 산길은 어두침침도 해라　長林幽隧暗蒙籠
> 남북으로 펼친 양쪽 산은 천 봉우리 속이요　兩山南北千峯裏
> 동서로 뚫린 한 길은 만 그루 나무 속일세　一路東西萬木中
> 지친 말은 덜덜 떨며 쌓인 눈을 걱정하고　困馬凌兢愁積雪
> 병든 나는 초췌하여 바람 안기가 겁이 나네　疾身憔悴怕當風
> 시가 승경을 만나선 끝내 이루기 어려워라　詩達勝地終難就
> 이뤘어도 말이 잘 안 된 게 되레 부끄럽네　縱就還慙語不工

그는 시를 한 수 더 남긴다. 「기린현 벽 위 운에 차하다[次麒麟縣壁上韻]」란 시다.

> 가파르고 험한 산중을 얼마나 왕래했던고　歷險凌巇幾往還
> 황량한 깊은 골짝엔 바람도 절로 차갑구나　荒涼陰壑自風寒

맘은 시름겨워 즐겨 우는 새들이 부럽고　心愗羡彼哢禽樂

몸은 지쳐라 한가로운 고목이 사랑스럽네　身困憐梁老樹閑

가로세로로 수많은 시내를 자주 건너고　屢涉縱橫千澗水

높고 험준한 만 겹 산을 우러러 기올랐네　仰攀嶒崒萬重山

허둥지둥 국사에 분주한 몸이 아니라면　不因鞅掌馳王事

내 발길이 무슨 일로 이곳엘 온단 말인가　鞍馬何由到此間

성현의 행로를 자세하게 알 수 없다. 다만 오색역과 소동라령, 그리고 기린현을 소재로 한 시가 소동라령의 위치를 넌지시 알려주는 것은 아닐까? 인제읍 귀둔리의 지명을 찾아보았다. 본래 춘천부(春川府) 기린현(麒麟縣)이 있었던 곳으로 귀둔, 또는 이탄(耳呑), 이둔(耳屯)이라 하였는데 1415년 기린현(麒麟縣)의 소재지를 지금의 방동(芳東)으로 옮기면서 인제군 동면으로 편입되었다고 알려준다. 귀둔리 안에는 군량동(軍糧洞)이 있는데 쇠물안골 동남쪽에 있는 마을로 군량(軍糧)을 생산해 내는 밭이 있었다고 한다. 역답(驛畓)이 눈에 들어온다. 버덩말에 있는 들로 경지면적은 3만평에 달하고 조선시대에 역둔전이었다고 알려준다. 옥답터는 귀둔 동쪽에 있는 옥(獄)터로 기린현의 옥(獄)이 있었던 곳이다.

　북암령과 곰배령 구간을 소동라령이라고 하는 설도 있는데, 그럴 경우 오색역의 존재 이유가 희미해진다. 오색역과 귀둔리 사이를 이어주는 길이 바드라재가 아닐까? 박달령부터 곰배령 사이의 길을 가지런히 벌려 있는 고개, 산들이 겹쳐지고 포개진 곳으로 볼 수 있지 않을까?

소동라령을 찾아서

소동라령의 위치를 짐작케 하는 자료는 생각보다 많다. 대표적인 예를 두 개만 든다. 1765년에 작성된 『여지도서(輿地圖書)』는 양양 관애(關阨)편에서 오색령 · 필여령 · 소동라령 · 조침령 · 구룡령 · 형제현 · 양한치 등의 일곱 항목이 순차적으로 나열하고 있다.

오색령은 설악 남쪽가지에 접하고 인제와 경계를 이룬다. 필여령은 오색령 남쪽가지에 접하고 있으며 춘천 기린과 경계를 이룬다. 소동라령은 필여령 남쪽가지에 접해 있고 기린과 경계하며, 구 유로로 서울로 통하는 길이었으나 지금은 폐지되었다. 조침령은 소동라령 남쪽가지에 접하고 기린과 경계한다. 구룡령은 조침령 남쪽가지에 접하고 있으며 강릉 금천면과 경계를 이룬다.

이 기록에 의하면 소동라령은 필여령과 조침령 사이에 있어야 한다. 1871년에 작성된 『관동읍지』는 양양 관애(關阨)편에서 다음과 같이 적고 있다.

오색령은 설악산 남쪽가지에 접해있고 인제와 경계하며, 필여령은 오색령 남쪽가지에 접해있고 춘천기린과 경계하며, 소동라령은 필여령 남쪽가지에 접해있고 기린과 경계하며 과거 서울로 가는 길이었으나 지금은 없어졌다. 조침령은 소동라령 남쪽가지에 접해있고 기린과 경계한다. 구룡령은 조침령 남쪽가지에 접해있으며 강릉 금천면과 경계한다.

지도에도 대부분 오색령 · 필여령 · 소동라령 · 조침령 · 구룡령 순서로 표시되어 있다. 여기서 박달령을 잠시 소개해야 할 것 같다. 박달령은 박달 나무가 많아 이름이 붙었다는 설명이 대부분이다. 박달령을 한자로 바꾸면 단목령이다. 박달령은 점봉산에서 내려온 잘록한 고개목으로써 양양군 서면 오색의 마산에서 인제군 기린면 진동리를 잇는 고개이다. 옛적부터 박달령을 넘는 길은 현재 오색초등학교가 있는 박달마을에서 시작한다. 오색마을 사람들은 '박다룩'이라 부른다고 한다. '박달'과 '바드라'는 상관관계가 있지 않을까. '바드라재'의 '바드라'에서 '박달'로 변이되었을 가능성이 있을 것 같다.

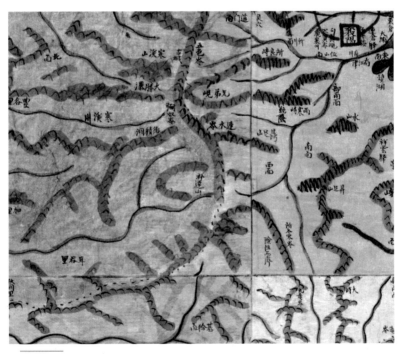

청구도 중 일부분

정약용, 영험 있는 오색약수를 노래하다

어렸을 적 설악산은 몇 개의 장소로 입력되었다. 흔들바위와 토왕
성폭포, 케이블카와 신흥사, 그리고 오색약수란 퍼즐로 이루어졌다.
오색약수를 처음 마신 것은 대학생 때 였다. 탁 쏘는 녹물 맛에 진저
리를 쳤던 기억이 아직도 남아 있다. 그리고 시간이 흘러 다시 찾았
을 때는 온천탕에 들렀다가 약수를 마시기 위해서였다. 수량이 몰라
보게 줄어서 실망했던 기억이 또렷하다. 최근에 다시 찾았을 때도
수량은 여전히 실망스러웠다. 그래서 더 귀하게 마셨는지 모른다.
최근에 천연기념물 제529호로 지정되었다는 기사를 접하였는데, 이
것으로 인해 관광객들이 많이 찾아 지역 경제에 조금이나마 도움이
되길 바란다. 언제부턴지 썰렁한 상점을 보면 가슴이 아프다. 문 닫
은 곳을 보면 코 끝이 시큰하다.

조선 중기인 1500년경 성국사의 승려가 약수를 발견하고, 성국사
후원에 다섯 가지 색의 꽃이 피는 신비한 나무에서 그 이름이 유래되
었으며, 약수에서 다섯 가지 맛이 난다고도 해서 오색약수라 불렀다
고 한다. 자료를 찾아보니 이유원(李裕元, 1814~1888)의『임하필기
(林下筆記)』에 오색약수에 대한 기록이 있다. 약간 다른 버전이다.

> 양양(襄陽) 바닷가의 돌 틈에 '오색천'이라고 부르는 작은 샘이 하
> 나 있다. 샘 위에 작은 꽃나무가 있고 그 꽃 색깔이 오색이기 때문에
> 붙여진 이름이다. 그 샘물이 온갖 병을 치료할 수 있다고 하여 온 나라
> 에 소문이 났다. 그 꽃나무는 지금 볼 수 없다.

이밖에도 이곳을 언급한 자료가 몇 개 더 보인다. 송병선(宋秉璿, 1836~1905)은 「동유기(東遊記)」에서 "양양읍에 오색천(五色泉)이 있는데 맛이 매우 향기롭고 강하다고 들었다"라고 언급한다. 그 이전에 정범모(丁範祖, 1723~1801)의 시에 등장한다. 「상운도역승을 방문해 만나서 오색령에 들어가 약수를 마시려고 했으나 만나지 못했다」는 시를 남긴다. 정약용은 「소양도에서 두보의 수회도시에 화답하다[昭陽渡和水廻渡]」에서 이렇게 노래했다.

(전략)
내가 들으니 산삼을 씻은 물은　吾聞洗蔘水
진액이 마르지 않게 한다던데　不令津液乾
자나 깨나 바라나니 오색천의 물을　寤寐五色泉
어떻게 해서 한번 마셔 볼거나　何由得一餐

오색약수

그리고 시 밑에 "설악산 동쪽이 곧 양양의 오색령인데 여기에 영천(靈泉)이 있다"고 설명해준다. 오색약수가 예전부터 영험 있는 샘물이라는 소문이 조선팔도에 자자했던 것 같다.

오색석사에서 하룻밤 자다

계곡을 따라 걷기 시작했다. 출렁거리는 다리에 순간 놀랬지만 금방 발걸음에 힘을 주어 더 출렁거리게 했다. 앞서가던 탐방객도 즐거운 듯 소리를 지르며 즐거워한다. 다리를 건너니 '오색약수 편한 길'이란 표지판 옆에 '무장애 탐방로'란 표지판이 나란히 서 있다. 장애인, 노약자, 임산부 등 교통약자의 국립공원 탐방을 돕기 위해 조성한 길이다. 누구나 쉽게 국립공원의 자연경관을 감상하고 이용할 수 있도록 조성되어서 휠체어나 유모차를 가지고도 탐방할 수 있도록 하였다. 편한 길 위에서 문익성의 글을 다시 펼쳐보았다.

> 서쪽으로 5리 남짓 가니 본사(本寺)가 있다. 양쪽 벼랑은 석벽인데 좌우로 가로 잘린 것이 몇 겹이나 된다. 말을 재촉해서 절에 도착했다. 사방의 돌 봉우리가 은빛 족자처럼 깎아지른 듯 서 있고, 한 줄기 맑은 시내가 푸른 옥같이 흐른다. 뜰 가운데 매우 오래된 오층석탑이 있어, 각자 오언절구를 읊어 탑의 표면에 썼다.

고래바위교를 지나 소나무 숲을 통과하자 계곡이 다시 나타나면서 길은 구부러진다. 붉은색 계곡 바닥 위로 물이 하얗게 부서지며 내려온다. 계곡 옆으로 나무 데크가 잔도처럼 붙어 있고 하얗게 솟아오른 바위산이 하늘과 경계를 이룬다. 흰 구름은 하늘을 더 푸르게 하고 소나무가 바위를 더 선명하게 만들어준다. 처음엔 울창한 숲만 있는 줄 알았다. 자세히 보니 절의 지붕과 그 밑으로 걸어가는 탐방객이 보인다. 성국사인 것이다.

성국사는 신라 말에 창건되었다고 하는데, 그 뒤의 역사는 전해지지 않는다. 이 절의 후원에 다섯 가지 색의 꽃이 피는 나무가 있어 오색석사라 하고 지명을 오색리라 하였다는 말만이 전해진다. 여러 번 계곡을 답사하고 나니 『사기(史記)』에 나오는 대목이 떠오른다. 공공씨(共工氏)가 축융(祝融)과 싸우다가 축융이 머리로 부주산(不周山)을 들이받아 산이 무너지는 바람에 하늘의 기둥이 꺾어지자, 여와씨가 오색돌[五色石]을 다듬어서 하늘을 기웠다고 한다. 어떤가. 이 계곡의 양 옆에 솟아오른 바위산들이 하늘을 떠받들고 있는 기둥 같지 않은가.

계단을 올라가니 보물 제497호로 지정된 삼층석탑이 우뚝 서있다. 문익성은 뜰 가운데 매우 오래된 오층석탑이 있다고 하였는데 탑의 윗부분이 없어진 것은 아닐까. 맞은편에 훼손된 탑재(塔材)가 쌓여 있고, 그 옆에 형체를 짐작하기 어려운 석사자(石獅子)가 천 년 세월을 뚫고 외로이 서있다. 절은 오랫동안 폐사로 방치되다가 1970년대에 인법당(因法堂)을 세우고 성국사라 명명하였다.

오색석사는 구산선문의 하나인 가지산파(伽智山派)의 개산조(開山祖) 도의(道義)가 창건한 사찰로 알려졌다. 통일신라시대 교종불교는 신라 하대에 이르러 '어지러워진 정치'와 함께 '현학적인 불교'로 변하고 만다. 신라하대는 방계 김씨 왕실이 등장해 치열한 왕위 쟁탈전을 벌이는 등 어지러움

보물 제497호로 지정된 삼층석탑

에 빠져든 시기다. 46대 문성왕에 이르러 사회가 일시 안정되지만, 그것도 잠시. 50대 진성여왕의 실정으로 통일신라는 난세로 돌아가 버렸다. 신라 통일의 사상적 원천이 됐던 화엄 등 교학불교 또한 이 때에 이르러 '사제(司祭)적인 불교'로 흐르고, 사원은 왕실귀족의 조상들을 봉덕하는 장소로 전락한 상태였다. 이즈음 중국으로부터 선사상이 전래된다. 본격적인 선의 도입은 41대 헌덕왕 이후부터라 할 수 있다. 헌덕왕 13년(821) 도의선사가 선법을 도입한 후 고려 초에 이르기까지, 선의 유입이 쉼 없이 이뤄져 구산선문이 형성됐기 때문이다. 9세기 전반 수용의 진통을 겪은 선은 9세기 중반을 고비로 신라 지방 곳곳에 산문의 기반을 닦게 된다.

성주산파(聖住山派)의 개산조인 무염(無染)은 오색석사에서 출가하였다. 최치원의 「무염 화상 비명(無染和尙碑銘)」 중에

> "세성(歲星)이 끝까지 한 번 도는 때〔一星終〕를 넘기면서 대사가 구류(九流)를 좁게 여기고는, 입도(入道)할 생각으로 먼저 모친에게 아뢰었더니 모친은 예전의 꿈을 생각하고 울면서 "의(誵)"라고 하였고, 그다음에 부친을 뵈었더니 부친은 늦게야 깨달은 것을 후회하면서 흔쾌히 좋다고 승낙하였다. 마침내 설산(雪山)의 오색석사(五色石寺)로 출가하여 승려가 되었는데, 입은 불경의 약 맛을 보는 데에 정통하였고, 힘은 터진 하늘을 기울〔補天〕 만큼 왕성하였다."

무염(無染)은 어려서부터 글을 익혀 9세 때 '해동신동'(海東神童)으로 불렸다. 12세에 설악산 오색석사(五色石寺)의 법성(法性)에게서 출가하였으며 그 뒤 부석사의 석징(釋澄)을 찾아가 화엄경' 공부하였고, 821년(헌덕

13) 당나라로 유학을 떠났다. 그때 당나라에서는 이미 화엄학보다 선종(禪宗)이 크게 일어나고 있었으므로 그도 선 수행에 몰두하였으며, 20여 년 동안 중국의 여러 곳을 다니면서 보살행을 실천하여 '동방의 대보살'이라 불렸다. 845년(문성왕 7년), 25년 만에 귀국하여 보령 성주사(聖住寺)를 성주산문의 본산으로 삼아 40여 년 동안 주석하였다. 수많은 사람이 찾아와서 도를 구하므로 그들을 피하여 상주(尙州) 심묘사(深妙寺)에서 지내기도 하였으며 888년 89세로 입적하였다.

오색석사

계곡에서 노닐다

남설악 지구에서 가장 빼어난 계곡미를 자랑하기 때문에 천불동을 축소해 놓은 것 같다는 계곡은 단풍으로도 유명하다. 외설악 천불동, 내설악 백담계곡과 함께 설악산의 대표적 단풍 관광코스다. 다른 곳에 비해 접근성이 뛰어나기 때문에 남녀노소 누구나 거닐기에 적합하다. 다시 문익성의 글을 펼쳐보았다.

저녁을 먹은 후에 지팡이를 짚고 시내를 따라 서쪽으로 갔다. 수십 보 쯤 가니 천석(泉石)이 더욱 뛰어나 각자 돌을 차지하고 자유롭게 앉았다. 시를 읊다가, 고기를 낚기도 하고, 술을 들어 서로 따라주기도 했다. 머리를 들어 북쪽을 바라보니 층층이 이어진 산과 겹겹이 포개진 봉우리가, 안개와 노을 속의 소나무, 계수나무와 어우러져 어렴풋이 도끼자루 썩는 줄 모른다.

절에서 저녁을 먹고 계곡을 따라 나선 것이다. 성국사교를 건너자 계곡은 본격적으로 자신의 진면목을 보여준다. 비경이 차례차례 나타난다. 독주암교에 서니 바위가 하늘을 받치고 있는 기둥처럼 곧게 서 있다. 한 사람이 겨우 앉을 정도로 협소하여 독좌암으로 부르다가, 지금은 독주암으로 부르는 바위는 제일 튼실한 기둥이다.

조금 더 걸어가니 선녀탕이 기다린다. 조그만 못에 선녀들이 내려와 날개옷을 반석 위에 벗어 놓고 목욕을 하고 올라가서 선녀탕이라 부른다. 망연자실 걷자니 금강문이 버티고 있다. 겨우 빠져나갈 정도의 협소한 문이다. 문을 나서니 두 계곡 물이 합쳐진다. 주전골에서 내려오는 물과 용소폭포에서 쏟아지는 물이 용소폭포 삼거리에서 만난다. 출렁다리를 건너고, 용소폭

주전골

포 초입의 시루떡 바위를 구경한다. 이 시루떡 바위가 마치 엽전을 쌓아 놓은 것같이 보여 주전골이라 하였다는 안내문을 읽는다. 주전골이라는 명칭에는 유래가 있다. 옛날 강원도 관찰사가 한계령을 넘어 주전골 입구에 왔을 때 쇠망치 소리가 들려왔다. 관찰사는 하인을 시켜 그 소리의 사연을 알아보도록 하였다. 하인들은 10여 명의 무리가 동굴 속에서 위조 엽전을 만드는 것을 발견하였고, 이 사실을 보고받은 관찰사는 그 무리를 쫓아내고 동굴을 없애 버렸다. 그 후로 쇠를 부어 만들 '주(鑄)', 돈 '전(錢)'을 써서 주전골이라 부르게 되었다는 것이다. 용소폭포에 이른다. 옛날 이곳에 천년을 살아온 이무기 암수가 하늘에 오르게 되었으나 암 이무기는 하늘에 오르는 기회를 놓쳐 폭포 옆의 바위가 되었다고 들려준다.

형제령을 넘다

문익성이 어디에서 발길을 돌렸는지 알 수 없다. 다만 그의 유람 모습만 엿볼 수 있다. 뛰어난 곳에서 시를 읊다가, 고기를 낚기도 하고, 술을 들어 서로 따라주기 하면서 도끼자루 썩는 줄 몰랐다. 시간에 쫓기며 서둘러 다니는 요즘의 탐방객들과 너무나 다르다. 그는 절에서 하룻밤 지낸 후 한계령으로 향한다.

다음 날 석문(石門)으로 돌아 나왔다. 돌아서 북쪽으로 7~8리 쯤 가서 형제령(兄弟嶺)을 넘었다. 말을 세우고 남쪽을 바라보니 어제 저녁 북쪽으로 보이던 여러 봉우리들이 모두 눈 아래에 있다. 구불구불 비스듬히 서쪽으로 3~4리 쯤 가서 소동령(所冬嶺)에서 말을 쉬게 했다.

약수터에 들려 한 모금 마시고 상가를 지나니 대중온천탕을 비롯해 온천을 겸할 수 있는 숙박시설들이 즐비하다. 오색온천은 탄산온천과 알칼리 온천을 함께 즐길 수 있는 곳이다. 탄산과 중탄산, 칼륨 등이 풍부해 피부미용에 좋다고 알려져 있다. 탄산 온천은 여느 온천과 달리 미지근하거나 차가운데 온몸에 탄산 기포가 달라붙는 느낌이 독특하다. 탄산 온천수와 함께 부드러운 피부 감촉의 뜨끈한 알칼리 온천탕도 갖추고 있다.

길을 따라 오르다 보니 오른쪽 계곡에 폭포가 있다. 덕주골에서 흘러내린 물이 모여 형성된 폭포다. 흐르는 모양이 펼쳐놓은 치마폭을 닮았다 하여 치마폭포라 한다. 옛날 선녀들이 선녀탕에서 목욕을 하고 있을 때 한 선관이 숨겨놓은 치마가 이 폭포로 변했다는 전설이 있다. 국도와 만나는 곳에 남설악 탐방 지원센터가 있다. 바위에 대청봉 입구라고 새겨져 있다. 설악산 대청봉 정상에 오르는 가장 빠른 길이 여기서 시작된다. 정상까지 5킬로미터가 대부분 급경사길이며 4시간이 소요된다.

갓길로 걷기 시작했다. 오색지구가 밑으로 보인다. 조금 더 가니 만경대가 왼쪽으로 보인다. 한시개방으로 떠들썩했던 만경대는 남설악의 비경을 고스란히 간직하고 있으며, 주변에는 작은 금강산으로 불리는 바위들이 많아 뛰어난 풍광을 자랑한다. 전망대는 독주암과 만물상, 소금강산이라 부르는 남설악의 비경을 한눈에 볼 수 있다. 어느덧 용소폭포탐방지원센터다. 이곳부터 만경대 탐방로가 시작되었다. 한계령으로 향하다가 금표교를 지났다. 옛 지도를 보니 '금표암'이란 바위가 이 근처에 있었다. 아마도 출입을 금하는 글씨를 새겨놓은 바위가 있었을 것이다. 금표를 새긴 바위는 사라지고 다리 이름으로만 남아 있다. 흘림골 탐방 지원센터는 굳게 잠겼다. 숲이 짙고 깊어서 늘 날씨가 흐린듯하여 붙여졌다는 흘림골은 2006년과 2007년 수해로 만신창이가 되었고, 다시 복구된 상태다. 흘림 5교에서 올려다보니 아직도 수마의 흔적이 보인다. 맞은편엔 수해복구를 마치고 수해공원을 조성하였는데, 커다란 바위에 시인 박남희의 「한계령을 지나며」싯귀가 새겨져 있다.

이 산을 누가 한계령이라 했는가
아름다움도 한계에 이르면 아픔을 잉태하는가
태풍과 집중호우로 유실되었던 한많은 영령들이여
잃어버린 생명과 아름다움을 다시 일으켜 세우려
굵은 땀방울을 뿌렸던 수 많은 이름들이여
그대들의 슬픔과 노고를 이 산은 기억하리니
굽이굽이 태백의 붓끝으로 새겨
여기 설악의 아름다움이 영원하기를 바라노라

한계령은 1971년에 완공됐다. 흘림골 입구를 조금 지나자 도로 오른쪽에 '공병 125대대'라는 비(碑)가 보인다. "개척의 완결점. 개척정신은 표고 험한 설악에 도전하여 동서를 잇는데 승리하였노라. 육개 성상의 대역사가 오늘 여기서 완결되나니 자연의 신비 속 여기에 우리의 개척정신을 영원히 기념하노라. 최후의 연결점에서 - 1971년 11월30일 제125야전공병대대개척자들" 녹물이 흘러내리는 기념비를 읽으니 숙연해진다. 자그마한 비(碑)가 세워진 자리는 한계령을 정점으로 외설악 쪽에서 길을 뚫고 오르던 두 부대

한계령

가 감격의 악수를 나눈 장소라고 한다. 다시 정상을 향해 오르니 왼쪽으로 필례령이 필례약수로 향한다. 예전에 길손을 힘들게 했던 형제령을 찾을 길 없다.

한계령에 서다

남효온(南孝溫, 1454~1492)의 기행문 안에 설악산에 있는 고개인 한계령을 넘는 과정이 포함되어 있다.

> 오색역(五色驛)을 출발하여 소솔령(所率嶺)을 넘으니, 설악산의 여기저기 솟은 봉우리가 무려 수십여 개인데, 산봉우리는 모두 윗부분이 희다. 시냇가의 바위와 나무 또한 흰색이니, 세상에서 소금강산(小金剛山)이라 부르는 것이 빈말이 아니다. 운산(雲山)이 말하기를 "매년 8월이면 여러 산에는 아직 서리가 내리지 않아도 이 산에는 먼저 눈이 내리기 때문에 설악이라 합니다."라고 한다.

남효온이 넘은 고개는 한계령이 분명하다. 그 당시의 이름은 소솔령(所率嶺)이다. 문익성이 양양군수로 있을 때 고개를 넘어 대승폭포를 여행하고 「유한계록(遊寒溪錄)」을 때는 1575년이었다. 그는 소동령(所冬嶺)에서 말을 쉬게 했다고 했으니 이름이 다시 바뀐 것이다. 김몽화(金夢華, 1723~1792)의 「유설악록(遊雪嶽錄)」은 1786년 양양태수로 부임한 다음 해 강원 관찰사 김재찬(金載瓚)이 설악산을 등정한다는 소식을 듣고, 인제군수 오원모(吳遠謨)와 동행하며 지은 기문이다.

한계령(寒溪嶺)을 향하여 가다가 수석(水石)이 아름다운 곳을 만나 수레에서 내려 수레꾼을 쉬게 했다. 시냇물을 떠서 밥을 말아 먹었다. 시냇가에 커다란 바위가 있는데, 바위의 좌우로 단풍이 아름답게 비친다. 그 바위 이름을 정거암(停車巖)이라 명명할 것을 청하였다. 고개를 넘으니 오색(五色)이다. 돌산봉우리가 가파르게 펼쳐져 있으니, 또한 설악산의 한 갈래이다. 오색촌(五色村)에서 여장을 풀고 잤다. 8일 임신일에 일찍 일어나 약수 다섯 사발을 마시니 며칠간의 괴로웠던 일이 모두 모공으로 나가 흩어진 것을 느꼈다.

김수증(金壽增, 1624~1701)은 1679년에 「곡연기」를 쓰고 늘 곡연을 유람하고 싶었다. 마침내 1698년 소원을 실행하게 된다. 대승령을 넘은 그는 후에 심원사가 자리 잡게 되는 곳까지 갔다가 백담계곡으로 나온 후 「유곡연기」를 남겼다. 이 글에 오색령과 상필여봉(上筆如峯)이 동남쪽에 있다고 언급하고 있고, 이전인 1691년 5월에 한계산을 유람한 기록인 「한계산기(寒溪山記)」에서는 "지나는 스님을 만나 어디로 가느냐고 물으니, 대답하기를 오색령을 경유해서 양양으로 가는 길인데, 이곳에서 바닷가까지는 80리 길이라고 한다." 는 구절에서 오색령을 언급하고 있다. 선조 29년인 1596년에 비변사에서 강원도의 방비에 대해 계책을 건의하면서 오색령의 방비를 강조한다. 이밖에도 여러 문헌에서 오색령의 존재를 확인할 수 있고, 다양한 명칭이 섞여서 사용되었음을 알려준다.

한계령 휴게소에 도착하니 자동차가 가득하다. 설치된 망원경으로 고개 아래 쪽을 살펴보는 사람, 사진 촬영하는 사람으로 복잡하

한계령 휴게소

다. 108계단을 올랐다. 한계령 도로공사 도중 희생된 108명의 군장병들을 추모하고 명복을 빌기 위해 108계단을 만들었다고 한다. 설악루 옆에 위령 비는 1972년에 세웠다. 이 지역 군단장으로 비석을 세운 육군 중장 김재규 의 이름은 누군가가 정으로 쪼아 흔적조차 없어졌다.

서쪽으로 가리산이 보이고 동남쪽으로 칠형제봉과 그 뒤로 무수한 산이 겹쳐져있다. 남효온이 넘었을 소솔령 정상은 위령탑 부근이었을 것이다. 그 때 고개 위 바위에 한시 한 수가 적혀있었다.

단군이 나라 세운 무진년보다 먼저 나서　生先檀帝戊辰歲
기왕(箕王)이 마한(馬韓)이라 일컬음을 직접 보고　眼及箕王號馬韓
영랑(永郎)과 함께 머물며 바다에 노닐다가　留與永郎遊水府
또 춘주(春酒)에 이끌려서 인간 세상에 머무르네　又牽春酒滯人間

138

그는 글씨가 새로워 적은 것이 필시 오래되지 않은 것이며, 세상에 신선이란 것은 없으니, 일 좋아하는 자가 우연히 적은 것이라면서, 시를 읽어 보니 속세를 벗어날 생각을 가지게 한다고 말한다.

신라시대 사선(四仙)인 영랑(永郎), 술랑(述郎), 남랑(南郎), 안상(安詳)은 금강산에서 노닐었으며, 삼일포에서 하루 머물려고 갔다가 너무 아름다워서 사흘이나 머물렀다는 설화를 만든 주인공들이다. 그들이 설악산을 그냥 지나쳤을 리 없다. 이곳에서도 분명히 노닐었을 것이다. 시인이 영랑과 노닐었다는 것은 네 명과 함께 노닐었다는 것을 말하는 것이며, 자신도 신선이라는 것을 보여준다. 그렇게 놀다가 봄 술에 끌려 인간 세상에 머물게 되었다고 토로한다. 술도 술이지만 뛰어난 경관인 설악산이 선경과 다름이 없기 때문이 아닐까?

108계단을 내려와 한계령 전망대에 서니 양희은의 한계령이란 노래가 귓가에 맴돈다. 가사는 정덕수 시인의 시다. 시를 인용하면서 글을 마치는 것이 한계령에 대한 예의일 것 같다. 일부분을 읊조려 본다.

저 산은 / 추억이 아파 우는 내게 / 울지 마라 / 울지 마라 하고 /
발 아래 / 상처 아린 옛 이야기로 / 눈물 젖은 계곡

아 / 그러나 한 줄기 / 바람처럼 살다 가고파 / 이 산 /
저 산 눈물 / 구름 몰고 다니는 / 떠도는 바람처럼

저 산은 / 구름인 양 떠도는 내게 / 잊으라 / 잊어버리라 하고 /
홀로 늙으시는 아버지 / 지친 한숨 빗물 되어 / 빈 가슴을 쓸어 내리네

4

탐욕을 경계하는
화암사 가는 길

미시령을 넘는 이들이 묵던 화암사

화엄사(華嚴寺), 또는 화암사(禾嚴寺)의 역사

쌀바위, 탐욕을 경계하다

참으로 신선이 사는 별세계로구나

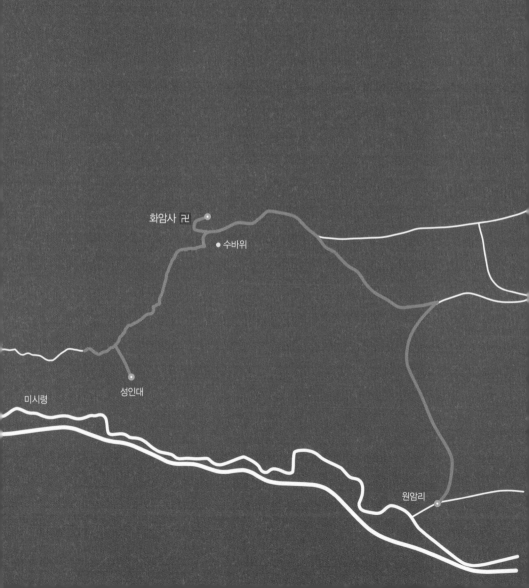

화암사 권
● 수바위
성인대
미시령
원암리

탐욕을 경계하는 화암사 가는 길

미시령을 넘는 이들이 묵던 화암사

1709년, 김유(金楺,1653~1719)는 미시령을 넘는다. 인제에서 늦게 출발하기도 했지만 도적폭포에서 지체한지라 주변은 이내 어둑어둑해졌다. 화암사(禾巖寺)로 사람을 보내 길을 밝힐 불을 구해오게 했다. 그러자 스님이 미시령까지 와서 맞아준다. 미시령을 내려가다가 화암사로 이어주는 석인령(石人嶺)을 넘었다. 고개는 매달린 듯 몹시 가파르다. 비가 내려 떨어져 나간 길이 많아 간은 서늘하고 심장은 두근거린다. 9시쯤 되어서 절에 이르렀다. 김유는 금강산으로 가는 길에 미시령과 석인령을 통과하여 화암사에서 여장을 풀었다.

김유보다 몇 년 전인 1705년, 김창흡도 미시령을 향한다. 속초 청초호(靑草湖)를 지나 미시령 아랫마을 원암(圓岩)에 이르니 해는 이미 산에 걸렸다. 마을 사람에게 화암사 가는 길을 물어 어렵사리 찾아갔다. 길에서 신흥사 중을 만나니 가는 길을 자세히 알려준다. 어둡지 않아 절에 도착했다. 누대에 앉아서 절 앞의 바위와 푸른 바다를 한참 동안 바라보았다. 스님이 선방으로 안내한다. 그윽하고 고

화엄사

요하여 마음에 든다. 스님에게 한 수 시를 지어 주고 베개를 나란히 하였다. 물레방아 소리가 삐걱삐걱 밤새도록 들렸다.

2013년, 나는 미시령을 넘었다. 속초에서 지인을 만나 뒤 미시령으로 향했다. 설악산 자락은 온통 덩치 큰 콘도와 골프장이 점령해 버렸고, 미시령은 터널로 새로 단장하였다. 통행료가 비싸다며 푸념하면서도 차들은 터널 속으로 빠져 들어간다. 휴게소에 들렀다. 이곳은 미시령 아랫마을인 원암이다. 고개를 넘나들던 여행객들의 고달픔을 풀던 곳. 김창흡도 300여 년 전 미시령을 넘기 전에 이곳에서 길을 물었다. 김창흡뿐만 아니라 초행길인 사람들은 마을 사람들에게 미시령 길을, 금강산 가는 길을 물었을 것이다. 그러나 이젠 네비게이션에 입력하면 그만이다. 길을 물어물어 가던 일이 엊그제였다. 차를 세워놓고 마을 사람과 이러저런 이야기를 하며 다양한 정보를 얻던, 고맙다고 인사하던 풍경은 낡은 영화의 한 장면이 되었다. 단절의 시대에 옛 사람과 대화를 나누며 미시령을 넘기 전에 화암사로 향하였다.

화엄사(華嚴寺), 또는 화암사(禾巖寺)의 역사

화암사 안내판을 따라 오르니 금강산화암사(金剛山禾巖寺)라는 현판이 걸린 일주문이 보인다. 일주문을 통과하여 올라가면 왼쪽으로 화암사에서 수행한 고승들을 기리는 부도군이 나온다. 화곡, 영담, 원봉, 청암스님 등 15기가 세워져 있다. 화암사의 역사가 만만치 않음을 보여준다.

화암사는 신라 혜공왕 5년인 769년에 진표율사(眞表律使)가 창건한 것으로 알려졌다. 만해 한용운이 편찬한 『건봉사급건봉사말사사적』에 의하면 최초의 이름은 화엄사(華嚴寺)였다. 그러다가 1912년에 화암사(禾嚴寺)로 바뀐다. 이전에도 화암사(禾巖寺)란 속칭이 있었으나 공식 기록에는 쓰지 않다가, 이때에 이르러 공식적으로 쓰게 되었다. 이식(李植, 1584~1647)이 간성군수로 있을 때 썼다는 『간성지』에 의하면 화암(禾岩)이란 바위가 바른편에 있기 때문에 절 이름을 화암사라 했다. 1709년에 이곳을 찾은 김유(金楺)도 「유풍악기(游楓嶽記)」에서 절 동남쪽에 볏 집을 쌓은 듯한 바위가 있어서 절의 이름이 화암사가 되었다고 알려준다. 1761년에 안석경은 「동행기(東行記)」에서 화암사(華嚴寺)로 적고 있으니, 여러 이름으로 불렸음을 알 수 있다. 화암사는 창건 이후 수차례의 화재를 겪다가 1986년 중창되어 현재까지 이르게 된다.

조위한(趙緯韓, 1567~1649)은 1623년에 양양부사에 부임했는데, 그 해 화암사에 화재가 났다. 1625년에 중건하고 다시 1635년에 산불로 인해 피해를 입었다가, 1644년에 중건하게 된다. 그는 이곳에 들러 「화암사(禾嚴寺)」란 시를 짓는다.

오래된 절 황량하니 나무조차 성글고 古寺荒涼樹影疏
남은 스님 드문드문 두세 명이 살고 있네 殘僧牢落兩三居
금강산과 이어졌으니 서린 뿌린 멀고 地連楓岳蟠根遠
화암(禾嚴)이 만들어진 건 태초의 시절 天造禾嚴邃古初
계단과 탑은 이리저리 화를 만나 재만 있으나 陛塔縱橫經劫爐
안개와 놀 흐릿한 속에 진여(眞如)를 만나 煙霞仿像會眞如
연못 속 밝은 달 바라보다가 坐看明月涵潭底
그제야 인간만사 헛됨을 깨달았네 始覺人間萬事虛

조위한이 들렀을 때 화암사는 황폐해져 겨우 절의 형태만 남아있었다. 석조물만 남아 있고, 스님 몇 분만이 겨우 거처할 정도였다. 그러나 그는 그 속에서 깨달음을 얻는다. 모든 것은 헛되도다! 우리의 몸을 가득 채우고 있는 욕망의 덩어리는 부질없다.

오늘도 많은 사람들로 화암사는 붐빈다. 그 중에서 깨달음을 얻고 가는 사람은 몇 사람이나 될까? 남 걱정할 것이 아니다. 나는 과연 겨자씨만큼이라도 깨닫는 것이 있는가?

쌀바위, 탐욕을 경계하다

화암사 남쪽에 우람한 바위가 있다. 스님들은 이 바위를 수도장으로 사용하여 왔다. 독특한 바위 모양 때문에 바위에 얽힌 이야기도 다양하다. 바위 위에 물 웅덩이가 있는데, 이 웅덩이에는 물이 항상 고여 있어 가뭄이 들면 물을 떠서 주위에 뿌리며 기우제를 올렸고, 바로 비가 왔다고 한다. 이 때문에 물 수(水)자를 써서 수암(水巖)이라고 부르기도 한다. 어떤 사람은 바위의 생김이 뛰어나 빼어날 수(秀)자인 수암(秀巖)으로 보기도 한다.

이런 기록도 있다. 옛날 이곳에서 적과 싸울 때 짚으로 만든 거적으로 이 바위를 둘러싸서 마치 볏가리 같이 보이게 하여 적을 물리쳤고, 그래서 화암(禾岩)이라 했다고 한다. 화암(禾岩)이란 바위가 바른편에 있기 때문에 절 이름을 화암사라 했다는 『간성지』와, 절 동남쪽에 볏 짚을 쌓은 듯한 바위가 있어서 절의 이름이 화암사가 되었다는 김유(金楺)의 「유풍악기(游楓嶽記)」가 이에 해당된다.

화암사는 창건 이래 여러 차례 화재가 났는데, '화암'이란 이름 때문이라고 여겼다. 그래서 '화'는 불을 의미하는 것이니 '화'자를 쓰지 않도록 하고 대신 '수'자로 쓰자고 했다. 그런데 물 '수(水)'자를 쓰면 절 이름에 대한 역사적 의의가 없어진다 해서 음(音)은 '수(水)'와 같고 뜻은 '화(禾)'와 같은 '수(穗)'자를 써서 '수암(穗岩)'이라 했다고 한다.

절 입구에 있는 다리를 다시 건너 '수바위'로 향했다. 등산로가 정돈되어 있어서 오르는 길을 쉽게 찾을 수 있다. 바위 밑에 당도하니 멀리서 본 것과 달리 거대한 바위산이다. 안내판에 '수(穗)바위'라고 적혀있고, 바위 꼭대기에는 길이 1m, 둘레 5m의 웅덩이가 있다고 알려준다. 바위에 있는 웅덩이는 유명하였다. 안석경은 1761년 이곳에 들린 적이 있었다. 「동행기(東行記)」에 '동쪽으로 화암(禾巖)을 마주하고 있는데, 수백 길 높이로 우뚝 솟아 있다. 위에 돌절구가 12개가 있다고 한다'고 적고 있다. 호기심이 발동하여 확인하기로 했다. 생각보다 잡고 오르기가 쉽지 않다. 겨우 올라가니 바위는 큰 간격으로 갈라져 있질 않은가. 건너 뛸 수 있을 것 같은데 잘못하면 치명상을 입을 정도로 깊다. 왕관모양이라고도 알려진 바위로 향하니 웅덩이가 하늘을 머금고 있다.

수바위는 또 다른 전설을 들려준다. 화암사는 민가와 멀리 떨어져 있어 스님들은 항상 시주를 구하기에 어려움이 많았다. 그러던 어느 날 두 스님의 꿈에 백발노인이 나타나 수바위에 조그만 구멍이 있으니, 그 곳을 찾아 끼니 때 마다 지팡이를 세 번 흔들라고 말한다. 잠에서 깬 스님은 아침 일찍 수바위로 달려가 노인이 시킨 대로 했더니 두 사람분의 쌀이 쏟아져 나왔다. 그 후 두 스님은 식량 걱정 없이 불도에 열중하며 지낼 수 있게 되었

수암 꼭대기의 웅덩이

다. 몇 년 지나 객승은 스님들이 시주를 받지 않고도 수바위에서 나오는 쌀로 걱정 없이 지낸다는 사실을 알았다. 그러자 객승은 세 번 흔들어서 두 사람분의 쌀이 나온다면 여섯 번 흔들면 네 사람분의 쌀이 나올 것이라는 엉뚱한 생각을 하였고, 다음날 날이 밝기를 기다려 아침 일찍 수바위로 달려가 지팡이를 넣고 여섯 번 흔들었다. 그러나 쌀이 나아야 할 구멍에서는 엉뚱하게도 피가 나오는 것이 아닌가. 그 후부터 수바위에서는 쌀이 나오지 않았다고 한다. 이러한 구조를 갖고 있는 이야기는 널리 퍼져있다. 이야기의 의도도 명료하다. 무엇이겠는가. 지나친 욕심을 경계하는 것이다. 화암사 이곳저곳은 계속 마음을 내려놓으라고 한다.

경내에서 바라본 수암

참으로 신선이 사는 별세계로구나

쌀바위를 뒤로 하고 등산로를 따라 오르기 시작한다. 등산로 옆은 온통 소나무다. 솔향이 온몸을 휘감고 지나간다. 미시령의 바람도 유명하지만 이곳의 바람도 만만치 않다. 숨이 턱까지 차올라 쉬다 보니 바위 옆의 소나무 가지는 일정한 방향으로 굽어져 있다. 마치 바람에 흩날리는 머리카락 같다. 중간에 '퍼즐바위'라고 알려주는 안내판이 미소 짓게 한다. 마치 바위가 겹겹이 쌓인 퍼즐 같긴 하지만 조금은 생경스럽다. '층층바위'라고 해도 크게 틀리지는 않을 것 같다. 지자체의 관심과 노력이 잘못된 것은 아니지만 과한 것과 고증을 거치지 않은 안내판은 오히려 탐방객을 어리둥절하게 만든다. 등산로 옆에 있는 '성인대(신선대)'의 경우도 그렇다. 화암사에서 미시령으로 가는 고개 옆에 바위가 서 있다. 아래에서 오를 때 사람이 서 있는 것 같은 물체가 이 바위다. 가까이 가보니 몇 개의 바위가 우뚝 서 있다. 안내판엔 성인대(신선대)에 대한 설명이 빼곡하다. 그러나 예전 사람들이 부르던 성인대는 이곳이 아니라 다른 곳이다.

김창흡은 「설악일기(雪岳日記)」를 1705년에 썼다.

식사 후 성인기(聖人基)에 올라가기로 하니, 여신 스님이 절의 스님에게 수레를 정비하여 따르게 했다. 내가 손을 저어 사양했지만 애써 권함을 이기지 못하여 수레를 탔다. 성인기에서 수십 보 떨어진 곳에서 비로소 수레에서 내렸다. 대(臺)는 삼층인데 모두 앉아서 읊을 만하다. 가장 동쪽에 있는 것은 지극히 뛰어나고 트였다. 앉아서 큰 바다를 보니 세 개의 호수와 서로 얽혀있다. 천후산은 서쪽에 있다.

석인령 옆 바위

성인대와 미시령

김창흡이 오른 성인기(聖人基)와 성인대는 동일한 곳이다. 성인대는 산악인들 사이에 '신선대'로 알려진 곳이다. 속초 시민들이 일출을 보기 위해 찾는 곳이며, 시산제를 올리는 곳이기도 하다. 안석경은 「동행기(東行記)」에서 석인대(石人臺)라고 부른다. 석인대에 올라가니 절구처럼 파여 물이 고인 것이 5~6개이며, 석인대는 남쪽으로 천후산과 설악산을 마주하고 있고, 동쪽으로 세 개의 호수와 큰 바다 물을 굽어보고 있다고 적고 있다. 천후산은 울산바위를 가리킨다. 성인대는 김창흡의 말대로 세 개의 대로 이우어져 있다. 제일 위는 물웅덩이를 만들고 있는 곳이다. 다음 대는 흔히 낙타바위라고 부르는 곳이며, 세 번째 대는 제일 동쪽에 위치한 곳으로 따로 떨어져 있으며 전망이 가장 좋은 곳이다. 김창흡은 두 번째 대를 이렇게 읊는다.

석인(石人)은 오랜 세월 우뚝 솟아 대가 되어 　石人千古屹爲臺
동쪽으로 아스라이 펼쳐진 곳 향하네 　東面迢迢向若開
바람을 맞으면서도 서 있었으나 　積受天風能自立
물방울 때문에 무너질까 두렵네 　凝固泡沫恐將頹

석인(石人)을 노래한 것이다. 낙타바위라 해서 다시 보니 낙타 같기도 하다. 풍화작용으로 만지면 손바닥에 묻어나는 석인(石人)은 금방 무너져버릴 것 같다. 어떤 사람은 석인(石人)을 성인(聖人)이라고 부른 것이니, 안내판은 엉뚱한 곳에 세워진 것이다.

흰 구름 사이로 위풍당당하던 수레 　藍輿伊戛白雲閒
하루 걸려 덩굴 잡고 정상에 이르렀네 　盡日捫蘿到髻鬟

험한 산 가까이로 미수령(彌水嶺)과 이어지고 嶽嶸近連彌水嶺

가파른 바위 달마산(達摩山)과 마주하였네 嵯巖相對達摩山

동해바다 굽어보니 조그만 잔 같고 府臨瀛海如杯小

행인들 가리키니 움직이는 개미 같구나 指點行人若蟻環

황홀하여 하늘 위에 앉은 것 같아 怳忽身疑天上坐

다시 속세로 가고 싶은 맘 없네 無心更欲向塵寰

조위한(趙緯韓)은 「성인암(聖人巖)」을 이렇게 읊었다. 여기서 미수령은 미시령이다. 성인대에서 아래로 달리는 고개는 서쪽으로 꼬리를 물고 산을 넘는다. 달마산은 달마봉이다. 울산바위 옆에 삐죽 올라온 달마봉이 손에 잡힐 듯하다. 여러 기록들을 보면 성인대는 성인기(聖人基), 석인대(石人臺), 성인암(聖人巖) 등으로 불렸다는 것을 알 수 있다.

이시성(李時省)은 이곳에 올라 일출을 맞이한다. 「송풍안군조공바간성군서(送豐安君趙公赴杆城郡序)」에 그 당시의 뭉클함을 자세히 적어놓는다.

날이 밝을 무렵 절의 두 스님과 석인대(石人臺)에 올랐다. 동해의 짙은 안개가 천지를 어둡게 막고 있다가, 아침 해가 차츰 떠오르자 바다에 있는 기운이 잠깐 사이에 걷히니 간성(杆城) 지방이 모두 굽어보는 가운데 있다. 누대와 정자는 점점 드러나고, 고개와 들, 언덕과 산은 구불구불 기이함을 보인다. 가을 빛 충만하여 영롱한 비단으로 수놓은 듯 하니 참으로 신선 사는 별세계이다. 두 스님과 석인대 옆에서 거닐다가 탄식하며 말하길, "신선은 있는 것 같으면서도 없고, 없는 것 같으면서도 있습니다. 없으면 그만이지만 있다면 간성(杆城)에서 수령을 하는 자는 신선이 아니겠습니까?"

성인대 석인

세번째 대에서 본 두 번째 대

나는 아직 성인대에서 일출을 본 적이 없다. 그러나 한낮에 찾았을 때도 주변의 경관은 나를 행복하게 만든다. 눈높이로 감상하는 울산바위는 장엄함을 느끼게 한다. 힘차게 이어지는 백두대간은 늠름하다. 눈을 돌려 속초를 바라보니 가슴이 시원해진다. 참으로 신선이 사는 별세계처럼 보인다. 중국 장수가 영랑호에 있다가 돌아갈 때 '천하의 절경이다. 아아. 어떻게 가질 수 있겠는가?'라 할 정도로 진귀한 경관이 에워싸고 있다. 그런 의미에서 이곳을 신선대라고 부르는 것은 적절한 것 같다. 한밤에 누워 하늘을 보면 또 다른 별세계가 펼쳐질 것이다. 별은 무수히 떨어질 것이며, 바다는 달빛으로 하얗게 빛날 것이다. 일출은 또 어떻겠는가? 가슴이 먹먹해지면서 망연자실해질 것이다.

다음에 성인대에서 밤을 지새고 새벽을 맞을 계획을 세우며 미시령으로 향한다. 미시령과 화암사를 연결해주는 고개를 옛 사람들은 석인령(石人嶺)이라 불렀는데 석인령을 넘어서 미시령 정상에 섰다.

성인대에서 바라본 속초와 동해

석인과 울산바위

5

바람의 고향,
미시령을 오르다

말은 머뭇거리고 마부는 신음하네
대간령으로 가는 출발점, 창바위
미시령의 관문, 문암
도적들이 지키고 있던 도적폭포
부끄러움이 없는 자를 깨우쳐주다
광대하도다 미시령이여

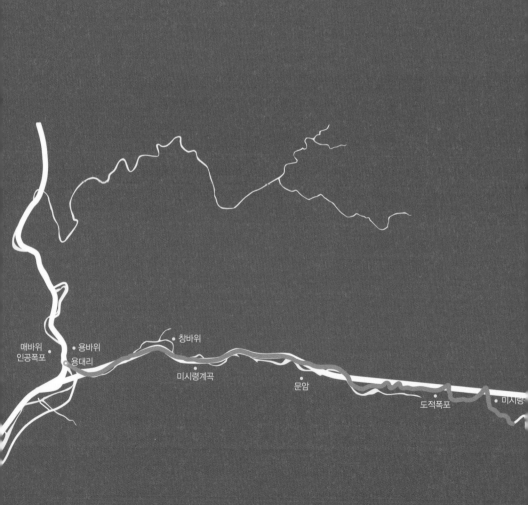

바람의 고향, 미시령을 오르다

말은 머뭇거리고 마부는 신음하네

미시령을 넘기 위해 용대리를 찾았을 때는 겨울이었다. 마침 축제 중이라 산골 마을이 북적거린다. 대형 조형물이 반기고, 애드벌룬이 칼바람 속에 휘청거린다. 산골 조그마한 마을은 잔치 중이었다. 지금은 교통이 편리해졌으나 예전에는 녹록치 않았다. 『신증동국여지승람』은 미시령을 '미시파령(彌時坡嶺)'이라 적고 이렇게 설명한다. "길이 있으나 예전에는 폐지하고 다니지 않았다. 성종(成宗) 24년에 양양부 소동라령(所冬羅嶺)이 험하고 좁다 하여 다시 이 길을 열었다" 강원도 고개 중 험하지 않은 고개가 어디 있으랴만, 백두대간을 넘나드는 고개들은 유독 높고 길었으며 험했다. 그나마 다른 고개에 비해 덜 험하다고 생각해서 조선시대에 공식 관로(官路)가 되었다.

축제장에 들어서기 전부터 길가에 황태가 수북이 쌓여있다. 6.25 사변 이후 진부령 일대와 대관령 일대에서 황태가 만들어지기 시작했다고 한다. 주변을 살펴보니 온통 덕장이다. 덕장에 걸린 황태는

밤에는 얼고 낮에는 녹으면서 서서히 건조되고, 이런 과정을 거치면서 맛 좋은 황태가 된다. 험하고 추워서 불평의 대상이 되었던 자연 환경이 이제 는 주민들에게 천혜의 자원이 되었다.

축제장을 지나 매바위로 향하였다. 응봉이라고도 한다. 용대리를 대표하 는 명소가 된 이곳에 '아이언웨이(Iron Way)'란 낯선 간판이 서 있다. 암벽 에 고정된 케이블, 발판 등으로 초심자도 암벽등반을 시도해 볼 수 있도록 해주는 프로그램이 '아이언웨이'다. 산세가 험준하고 접근이 용이하지 않은 지형에 코스를 따로 개발해 일반 대중은 물론 암벽등반 애호가도 등반의 즐 거움을 누릴 수 있도록 코스를 마련하였다고 선전한다. 머리를 드니 인공으 로 만든 빙벽이 매바위를 하얗게 덮고 있다. 빙벽을 등반하는 매니아들이 즐겨 찾는 곳이다.

매바위에서 건너편을 바라보니 산 정상에 우뚝 선 바위가 하늘로 오를 기 세다. '용바위'다. 용대리가 이름을 얻게 된 까닭도 저 바위 때문이다. 마을 을 설명하는 글을 보니 "용대 북쪽 길 양쪽에 우뚝 솟아오른 쌍룡(雙龍)이 머리를 들고 있는 형상의 바위를 용바위라 하는데 아랫마을이라 해서 용의 터, 용대동(龍垈洞)이라 하였다."고 알려준다. 다시 찬찬히 읽어봤다. 이미 마을 뒤의 바위가 '용바위'라는 것은 알고 있었다. 그런데 '길 양쪽에 우뚝 솟아오른 쌍룡(雙龍)이 머리를 들고 있는 형상의 바위를 용바위'라고 알려 준다. 그렇다면 '매바위'도 '용바위'가 아닌가.

허목(許穆, 1595~1682)은 용대리를 이렇게 묘사했다. "용대(龍臺)는 미수 파(彌首坡)에 못 미쳐 북쪽에 쌍석봉(雙石峯)이 있는 곳이다. 큰 시내가 쌍 석봉 아래로 흘러가는데, 상류의 신안역(新安驛)까지는 90리이고 백천(百 川)이 된다. 하류는 미수파의 물이 서쪽으로 흐르다 이곳으로 흘러든다." 허목이 말하는 '쌍석봉'은 '매바위'와 '용바위'를 아우르는 말일 것이다.

이식(李植, 1584~1647)은 1632년에 간성(杆城) 현감(縣監)으로 발령받아 미시령으로 향하였다. 도중에 비를 만나 고개 아래 용대리에서 머물게 되었다.

말 머리 앞에 가로놓인 높고 험한 준령　馬首當前大嶺橫
다음 날 아침 고개 오르려 마음먹었는데　明朝準擬上峰嶸
못 속의 용 홀연히 온 산에 비를 뿌려　淵龍忽作千峯雨
산골 역참(驛站)에서 하루 지체하게 됐네　山驛仍淹一日程
음식 책임자는 쌀자루 비었다 투덜대고　廚吏打包頻告罄
집 주인은 손님 싫어 자꾸만 날씨 점치는데　主翁嫌客自占晴
타향이 가까워질수록 멀어지는 나의 고향　他鄉漸近家鄉遠
위험한 길 늦게 간다 한탄할 게 뭐 있으리　莫向危途恨滯行

한양에서 간성으로 향하는 이식의 발걸음이 가벼웠을 리 없다. 고개를 넘으려는데 날은 저물고, 다음날 오르려니 비가 내려 하루 더 지체하게 된다. 타향에서 맞는 비는 더 고향을 생각하게 만든다. 음식을 책임지는 관리와 집주인은 빨리 출발하기를 바랬으나 이식은 조금이라도 더 늦게 가고 싶어 하다 미시령을 넘으며 언제 고향으로 향할지 기약하기 어렵기 때문이다. 이식에게 미시령은 단절로 다가섰다.

최성대(崔成大, 1691~ ?)는 미시령을 넘기 전에 용대리에 들러 숨을 돌린다. 춘천서부터 시작된 발걸음은 인제를 거친다. 얼마나 힘들었으면 말을 다할 수 없다고 하소연한다. 더군다나 오는 도중 자주 바람과 눈을 만났다고 울상 짓는다. 용대리에 걸터앉아 「미시령 아래 용두촌(龍頭村)에서 잠시 쉬며」라는 시를 남긴다. 일부를 읽어본다.

말들은 가다가 머뭇거리고　五馬行逶邅

마부들도 찡그리며 신음하누나　徒御亦嚬呻

잠시 용대리에 들려　暫入龍頭村

안장을 풀고 마을사람에게 묻길　歇鞍問村民

"양양은 얼마나 떨어졌으며　襄州今遠近

며칠 걸려야 관청에 도달할 수 있는가"　何日可抵官

"앞에 고개가 있는데　答云前有嶺

높이는 설악산만 합니다　高聯雪嶽山

연수파(連水坡)라고 하는데　其名連水坡

새 집은 구불구불 길 따라 있으며　鳥櫳與蛇盤

힘써 정상에 오르면　努力到極頂

위에 신사(神祠)가 있습니다　其上有神祠

(중략)

고개 오르기 힘들다고 말하지 마소서　莫言登嶺苦

험한 것은 여기서 끝납니다　險阻從此畢

양양에 늦는다고 걱정 마소서　莫愁到州遲

내일이면 곧바로 도달합니다."　明日行卽達

대답이 끝나자 마을 사람에게 인사하고　語罷謝村民

수레는 앞으로 출발하였네　藍輿向前發

문장에 뛰어나 김창흡 이후의 제일인자라 칭해진 그 답게 고단한 여행길에도 장편의 시를 남긴다. 격세지감이다. 나는 오늘 춘천서 출발하여 두 시간이 채 못 되어 도착하였다. 그러니 최성대의 고통을 이해하기 힘들다. 그만큼 조선시대는 이 길이 힘든 길이었다.

매바위(응봉)

용바위

대간령으로 가는 출발점, 창바위

  용대리를 출발하여 영동지방으로 가는 방법은 두 가지다. 속초로 갈 때 미시령을 넘는다. 지금은 터널이 생겼으니 넘는다는 표현이 부적절하다. 미시령터널을 통과한다. 고성으로 가는 사람은 진부령을 넘는다. 그런데 진부령과 미시령 사이에 또 하나의 고개가 있다. 바로 대간령이다. 진부령과 미시령 사이에 위치하고 있다고 해서 '샛령', '새이령'으로 불렸고, 석파령(石坡嶺)이라고도 적었다. 영서와 영동을 이어주는 가장 빠른 길이었다. 옛 마장터와 주막터가 남아 있는 이 코스는 교통의 기능을 잃고, 백두대간 등산객들의 주요 탐방코스가 되었다.

창암(창바위)

용대리에서 미시령으로 가다보면 박달나무 쉼터가 나온다. 쉼터에서 개울쪽으로 난 길을 따라 가면 개울가에 우뚝 선 바위가 나타난다. 바로 창암(窓巖)이다. 산행에 정신이 팔린 사람은 눈치채지 못할 정도의 구멍이 바위 윗부분에 있다. 옛 사람들은 바위에 뚫린 구멍이 창문같다고 해서 '창암'이라 불렀고, 미시령을 오르내리는 사람들은 잠시 걸음을 멈추고 바위를 바라보며 시를 짓곤 했다.

허적(許𥛚, 1563~1640)은 이렇게 읊조린다.

높은 바위 외따로 우뚝 서 있는데　危岩一片立崔嵬
안개 속에 밝은 창 갈라서 만들었네　疏作明窓霧裏開
어떻게 하면 담벼락 밑에 가서　安得置余墻壁下
달빛 쏟아지는 걸 노래할 수 있을까　凭吟好引月光來

창바위를 보면 신기하다고 감탄할 것이다. 어떤 사람은 더 크게 뚫리지 않은 것을 한탄할지도 모른다. 물론 갈 길 바쁜 사람은 보지도 못하고 지나치거나, 힐끔 쳐다보고 아무런 감흥 없이 내달릴 것이다. 허적은 창바위를 보고 달밤에 그 밑에서 달빛 쏟아지는 걸 만끽하고 싶어 한다. 생각해 보니 한밤에 달을 구경한 기억이 까마득하다. 어린 시절을 제외하곤 몇 십 년 동안 땅만 바라보고 살았다. 도시의 밤엔 아파트 때문에 달이 뜨지 않아서 볼 수도 없다. 허적의 시는 고단한 도시의 삶을 잠시 잊고 어린 시절로 데리고 간다. 대간령으로 가는 사람은 개울을 건너 창암 왼쪽 오솔길을 걸어야한다.

미시령의 관문, 문암

창암에서 미시령을 향하다가 오른쪽을 바라보면 산기슭에 우뚝 선 바위가 하늘을 찌를 기세다. 마침 바위를 감상하라는 듯 길 가에 주차시설이 갖추어져 있다. 옛 길은 창암을 거쳐 문암 밑으로 이어졌었던 것 같다. 김유(金楺, 1653~1719)는 금강산으로 향하던 도중에 이곳을 지났다. 「유풍악기(游楓嶽記)」에 짤막하게 적어두었다. "고개를 오르다가 창암(窓巖)과 입암(立巖) 등 여러 곳을 지났다. 창암(窓巖)에는 창(窓) 같은 구멍이 있고, 입암(立巖)은 짝지어 우뚝하게 솟았다"

입암(立巖)은 바로 문암(門巖)을 가리킨다. 두 명칭이 혼용되었다. 김창흡은 두 개의 명칭을 사용하기도 했다. 바위 앞에 '선돌바위쉼터'가 있었다.(지

미시령의 관문, 문암

금은 커피 집으로 바꿨다.) 주인아저씨께 앞에 있는 바위 이름을 물어보니 선돌바위이며, 바위 이름을 따서 가게 이름을 붙였다고 하신다. 선돌도 괜찮지만 나는 문암이 더 마음에 든다. 미시령의 관문 역할을 하듯 우뚝 선 바위의 이름으로 문암이 더 적절하지 않을까. 김창흡은 『설악일기』에서 "문암(門岩)과 창암(窓岩)을 지나는데 또한 볼만하다. 용대동(龍臺洞)을 지나 갈역(葛驛)에 이르렀다"고 꼼꼼히 적어 놓았다. 건조한 기록은 마음에 차지 않았는지 시를 짓는다.

창암(牕巖) 지나자 입암(立巖) 높게 섰는데 　牕巖才過立巖高
칼을 꼽은 것처럼 하늘로 솟아올랐네 　撑突雲霄似揷刀
기세는 창암이 솟은 것보다 뛰어나고 　負勢眞能長弟起
기이함은 오가는 수고를 위로하는 것 같구나 　呈奇似慰往來勞

　김창협보다 설악산을 사랑한 사람은 없었다. 그의 발길은 설악산의 구석구석에 닿았다. 미시령도 몇 번이나 넘었는지 알 수 없다. 그의 눈이 문암을 놓쳤을 리 없다. 그리고 문암의 특징을 창암과 비교하며 그려냈다.

도적들이 지키고 있던 도적폭포

　미시령을 오르는 길은 새로 넓게 뚫리면서 구도로와 신도로란 이름이 생겨났다. 구도로도 옛날 선인들이 다니던 길과 비교하면 신도로였지만 지금은 호젓한 옛 길이 되었다. 더군다나 겨울이 되어 눈이 내리면 통행금지가 되곤 한다. 겨울이 아니어도 대부분의 사람들은 터널 속으로 재빨리 들어간다. 통행료가 비싸다고 투덜대면서도 더 빨리 갈 수 있는 길을 선택한다. 어두컴컴한 터널 속에서 더 빨리 빠져나가기 위해 질주한다. 옛 길은 구불구불하여 빨리 달릴 수 없다. 대신에 아름다운 풍광을 보여주고, 옛 이야기를 들려준다. 정상에 서면 동쪽의 푸른 바다와 산으로 수없이 겹쳐진 인제의 산을 은근히 선물한다.

옛 길로 방향을 틀었다. 조금 올라가니 '도적폭포'란 투박한 간판이 보인다. 오솔길을 따라가자 건물이 나타난다. 사람이 북적였을 이곳은 적막이 감돈다. 마당을 가로질러 계곡으로 향했다. 계곡의 돌들은 백담계곡의 돌들과 다르다. 백담계곡의 돌들은 흰색이 많은데, 이곳은 짙은 검은색이다. 처음 찾았을 때는 비가 내리고 있어 더 검게 보였다. 황철봉으로 오르는 사람들이 가끔 이용한다고 하는데 인적이 없다. 계곡과 나란히 펼쳐진 길을 한참 걸었다. 문득 폭포가 보인다. 물기를 머금어 더 검게 변한 바위 사이로 하얗게 부서지는 물은 수묵화와 같다. 생각보다 규모가 크지 않았지만, 폭포 밑에 제법 깊은 못이 땀을 식히라고 유혹한다.

도적들이 지키고 있다가 미시령을 넘어 다니는 사람들의 물건을 빼앗은 뒤 폭포 아래 못에 빠뜨려 죽였다고 해서 '도적폭포'고 폭포 밑의 못은 '도적소'라 한다는 전설이 있다. 전설은 오래 전부터 입에서 입으로 전해졌던 것 같다. 이곳을 지나던 허목(許穆, 1595~1682)도 마을 사람들에게 전설을 들었던 것 같다. 그는 "이곳은 동해에서 물고기와 소금을 운반하는 길인데, 큰 고개 아래는 장사치들이 지나가는 곳이다. 언젠가 이곳을 지나가던 자가 사람을 죽여서 물에 빠뜨렸는데 이로 인하여 이런 이름을 얻게 되었다"라고 적어 놓는다. 그는 '적담(賊潭)'이라고 했으니 '도적못'인 셈이다.

못의 깊이가 예상보다 깊지 않고, 폭포의 규모도 크지 않아 갸웃거리면서

도별다른 생각 없이 되돌아나왔다. 계속 내리는 비 때문에 발걸음을 재촉하여 미시령을 넘었다. 그런데 도적폭포를 잘못 찾았다는 것을 안 것은 며칠 지난 뒤였다.

부끄러움이 없는 자를 깨우쳐주다

김창흡은 이렇게 불렀다. 선유담(仙遊潭). '도적'이란 말이 귀에 어지간히 거슬렸나보다. 다시 길을 나섰다. 때는 바야흐로 가을. 설악산의 단풍을 모르는 사람이 없는지라 미시령으로 향하는 길이 만만치 않다. 가다 서다를 몇 번 하다가 용대리를 지났다. 주변은 이미 붉은 색으로 갈아입고 있는 중이다. 창암을 지나 문암 아래서 바위를 한참 바라보다가 미시령 옛길로 접어들었다. 붉은 색으로만 채색된 것이 아니라 노란색도, 푸른색도 적당히 섞여 있다. 눈만 호강하다가 계곡으로 접어드니 계곡물 소리에 귀도 호강을 한다.

김유(金楺,1653~1719)의 「유풍악기(游楓嶽記)」를 들고 오솔길을 걸었다.

고개의 허리쯤에 매우 기이한 폭포가 있는데, 그 명칭을 물어보니 도적연(盜賊淵)이라 한다. 그 뜻을 물으니 고개가 험준하고 못은 깊은데, 일찍이 도적이 이곳에 사람을 밀치고 물건을 빼앗아서라고 한다. 나는 신령스런 곳인데도 나쁜 이름을 뒤집어쓴 것이 군자가 도를 품고 있으면서도 속인들에게 비난을 당하는 것과 비슷함에 마음이 상하여, 이름을 고쳐서 설연(雪淵)이라고 했다. 모습을 말한 것인데,

밝게 빛나는 눈[雪]의 뜻을 취한 것이다. 봉우리를 층옥봉(層玉峯)이라 했으니 모양을 본뜬 것이고, 골짜기를 둔세동(遯世洞)이라 했으니 덕(德)을 말한 것이다.

　잠깐 착각했던 곳을 지나 한참 올라가니 '도적폭포'가 단풍 속에 흰 물줄기를 내뿜는다. 폭포의 규모와 못의 크기를 보니 웃음이 나온다. 비탈을 내려가 폭포 아래 서니 폭포는 더 장대하다. 옆은 군센 바위산이다. 김창흡이 선유담(仙遊潭)이라 이름을 바꾸고, 김유는 흰 눈처럼 부서지는 폭포수를 보고 '설연(雪淵)'이라 또 바꾼다. 옆의 바위산은 '층옥봉(層玉峯)', 계곡 이름은 '둔세동(遯世洞)'이라 적는다.

도적폭포

1724년에 간성군수로 있었던 이덕수(李德壽, 1673~1744)의 시 한 편 감상하지 않을 수 없다. 그는 김창흡(金昌翕)의 문인으로 이름 짓기에 동참한다. 그래서 도연(盜淵)을 창벽담(蒼壁潭)으로 고치고 시를 짓는다.

검푸른 절벽 우뚝 먼 하늘에 꽂혀있고　蒼壁亭亭揷遠空

하얀 용 산허리에서 용틀임하며 올라가네　玉虹矯天半山中

흉악한 이름 나를 만나 씻어졌으니　惡名今待吾人洗

폭포는 내 공로에 부끄러워야 하리　飛沫應慙策上功

허목(許穆, 1595~1682)은 도적폭포란 이름을 듣고 혀를 찬다. "아, 악계(惡溪)나 탐천(貪泉)이 어찌 물의 죄 때문이겠는가. 교지(交趾)의 풍부함과 악어의 포악함 탓에 이처럼 이름이 치욕스럽게 만들어진 것이다. 이것을 기록하여 세속과 야합하여 악명(惡名)을 뒤집어쓰고도 부끄러워하지 않는 자의 경계로 삼는다." 교지(交趾)는 지금의 베트남 지역을 가리킨다. 탐천의 물을 마시고 남쪽으로 가던 사람이 교지(交趾) 지방의 금은보화를 보고 두 손으로 움켜 가지려고 했다는 이야기가 전해온다. 허목에 의하면 도적폭포라 불리게 된 것은 물의 잘못이 아니다. 지나가는 사람들의 재물을 탐내던 도적들 때문인 것이다. 그렇다면 어떻게 해야 할까? 이름을 바꿔야 한다. 선유담(仙遊潭), 설연(雪淵), 창벽담(蒼壁潭) 중 어느 것이 좋을까? 그러나 지금까지 생명력을 갖고 있는 것은 '도적폭포'다. 아마도 세속과 야합하여 악명(惡名)을 뒤집어쓰고도 부끄러워하지 않는 자들이 끊이질 않는 현실을 경계하기 위해서 당분간 이름을 그대로 써야 될 것 같다.

도적폭포

광대하도다 미시령이여

미시령은 바람이다. 지금은 폐쇄된 미시령 휴게소에 들른 적이 있었다. 버스에서 내리자마자 몸이 휘청거렸다. 거센 바람 속에서 몸을 제대로 가눌 수가 없었다. 잔뜩 웅크린 채 종종 걸음으로 화장실로 향하였다. 장난삼아 점프하면 진짜로 내 몸은 몇 십 센치 밀려나곤 했다. 동해에서 불러오는 바람은 맹렬하게 달려와 모든 것을 날려 보냈다.

지금 다시 미시령 정상에 오른다. 표지석이 푸른 하늘을 배경으로 우뚝 섰다. 오던 길을 돌아보니 끝없이 겹쳐진 산만 보인다. 아침 안개는 산과 산 사이를 하얀 호수로 만들었다. 어떤 옛 시인은 '서쪽엔 검은 눈썹 점점이 모여 있다'고 하였다. 갈 길을 바라보니 바다가 보인다. 어떤 사람은 동해를 바라보며 '동쪽에 흰색 깊은 물 쏟아 놓았네'라고 묘사하기도 했다. 푸른 파다가 속초 땅 끝나는 지점에 펼쳐져 있다.

표지석 옆에는 고개의 유래와 택당(澤堂) 이식(李植, 1584~1647)의 시가 적혀있다. 일부분을 읊조려본다.

한 발 삐끗하련 곧바로 푸른 바다　側足滄波上
손을 늘면 잡히나니 푸른 구름　擧手靑雲間
처음엔 디딜 땅도 없을 듯 겁나더니　始怪地何依
하늘까지 오를 욕심 다시금 샘솟누나　更擬天可攀
이제야 알겠네, 예맥 나라 동쪽에　方知濊國東
따로 별세계가 감추어져 왔던 것을　別是一區寰

이식 뿐만 아니라 수많은 사람들이 미시령을 넘나들었고, 정상에 서면 그 감격을 시로 남겼다. 이식은 장편의 시 뒷부분에 "굉대(宏大)하도다 미시령이여, 천지간에 그 무엇이 그대와 짝하리요"라고 한껏 고조된 감정을 토로한다.

양양부사로 동해신묘를 중수하고 정치를 잘해 양양읍 현산공원에 선정비가 세워진 채팽윤(蔡彭胤, 1669~1731)도 미시령 정상에 올라 시를 짓는다.

우뚝한 고개라 하늘은 겨우 한 척 絶嶺天纔尺
매달린 좁은 길에 돌은 울퉁불퉁 懸蹊石自層
기어오르니 얼굴은 하얗게 질리고 攀緣容稍稍
굽어질 때마다 두려워하네 曲折每兢兢
밑의 세상은 나무에 꽃이 피는데 下界花生樹
산 속에서 중은 눈에 빠지니 中峯雪沒僧
수레가 오히려 편하지 않아 肩輿猶不穩
수시로 마른 등나무 의지하네 時復倚枯藤

해발 826m. 채팽윤의 눈에는 더 높았을 것이다. 정상에 서니 하늘까지 거리는 한 척 정도 되는 것 같았다. 미시령(彌矢嶺)은 미시파령(彌矢坡嶺)라고도 불렸으며, 간혹 미일령(彌日嶺)이라고 부르기도 했으며, 연수파란 이름도 갖고 있었다. 미시령은 위험해서 조선 말기에 다시 폐쇄되었다가 1959년경에 개통되었다. 그러나 교통이 불편하여 1971년 도로를 넓혔다. 그러나 한계령이 넓게 뚫리면서 이곳을 넘나들던 차들은 한계령으로 향하게 되었고, 미시령터널이 개통되면서 미시령을 넘는 사람은 손을 꼽을 정도가 되었다. 조선시대 이곳을 지나는 사람의 얼굴은 길이 워낙 험하여 하얗게 질

미시령 정상에 있는 표지석

렸고, 고개가 구비 칠 때마다 두려워하였다. 고개 아래는 봄인데 위는 한 겨울이어서, 수레를 메고 가는 중이 눈에 빠질 정도였다. 미시령은 예전부터 바람과 눈의 고향이었다.

6

은하수 쏟아져 내리는
대승폭포

장수대에서 시름겨워 하노라
한계보다 푸른 눈빛 어디로 갔는가
구름이 발밑에서 피어오르네
하늘에서 은하수가 쏟아져 내리는구나
대승암과 상승암, 돌아가는 걸 잊다
대승령에 우뚝 서다

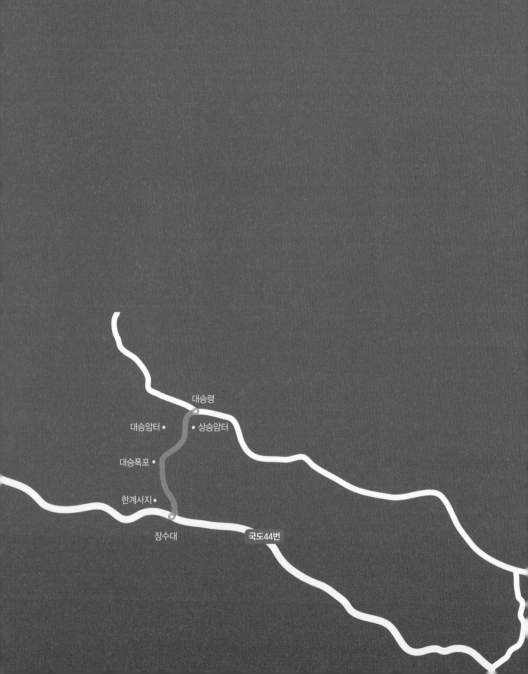

은하수 쏟아져 내리는 대승폭포

장수대에서 시름겨워 하노라

작년 겨울에 김수증의 「한계산기(寒溪山記)」를 읽었다. 화천군 사창리에서 은거하던 그는, 한계산을 여행하고 그 여정을 기록하였다. 문득 그의 발자취를 따라 걷고 싶었다. 그가 밟은 곳을 찾아 몇 달 동안 화천에서 출발하여 양구를 거쳐 인제를 오고갔다. 그는 정작 한계산을 오르지 못하고 인제 쪽 한계령의 중간 정도쯤까지 왔다가 되돌아갔다. 나중에 다시 설악산을 찾은 김수증은 장수대에서 출발하여 대승폭포를 구경하고 대승령을 넘어 백담계곡을 여행하게 된다.

한계령을 지날 때마다 스치곤 했던 설악산국립공원 장수대분소는 장수대(將帥臺) 때문에 이름을 얻게 되었다. 한계령을 오르다가 왼쪽에 장수대분소가 있고, 오른쪽에 장수대가 있다.

장수대는 1959년 당시 3군 단장인 오덕준 장군이 6.25 전쟁 때 설악산 전투에서 산화한 장병들의 명복을 기원하기 위해 건립하고 이름을 붙였다. 한옥으로 지어진 건물은 장병들의 휴양소라는 말도 있고, 장성들의 휴양소라는 설도 있으며, 이승만 대통령이 여름별장으로도 이용했다고도 한다. 어느 것이 맞는 말일까? 건물 이름이 장수대(將帥臺)이니, 병들을 위한 공간은 아니었을 것 같다. 병들을 위해 지었으면 장병대(將兵臺)라고 했을 것이다.

이 지역은 2006년에 큰 홍수 피해를 입었다. 한계리 마을은 물론이고, 한계령 도로가 물에 잠겨 흔적조차 찾아볼 수 없었고 인명 피해도 있었다. 한계령을 오르면서 오른쪽으로 보이는 산사태 흔적은 아직도 그 당시의 아픔을 보여준다.

지금도 한계령 길은 아름다움을 자랑하지만 예전부터 유명했었다. 한치윤(韓致奫, 1765~1814)은 『해동역사 속집』에서 한계산을 소개하고 있는데, 한계령 길과 하천에 관련된 부분은 이러하다.

장수대

원통역(圓通驛)으로부터 동쪽은 왼쪽과 오른쪽이 모두 큰 산이어서 동부(洞府)는 깊숙하며, 계곡의 물은 이리저리로 흘러서 무려 36번이나 건너야만 한다. 나무들은 마치 갈대자리를 말아 세운 듯이 위로 하늘에 솟았고 곁에는 가로 뻗은 가지가 없는데, 소나무와 잣나무가 더욱 높아서 그 꼭대기를 볼 수가 없다. 또 그 남쪽에는 봉우리가 절벽을 이루었는데, 그 높이가 천 길이나 되어 이루 형언할 수 없이 기괴하며, 너무 높아서 나는 새도 지나가지 못한다. 그 아래에는 맑은 샘물이 바위에 부딪쳐서 못을 이루었으며, 반석이 평평하여 둘러앉을 만하다. 또 동쪽의 몇 리는 동구(洞口)가 매우 좁으며, 가느다란 길이 벼랑에 걸려 있는데, 바위 구멍은 입을 벌리고 있고 봉우리들은 높이 솟아있다. 이에 마치 용이 끌어당기고 범이 움켜잡을 것 같다. 층층다리를 겹쳐 놓은 것 같은 것이 수없이 많아서 그 좋은 경치는 영서(嶺西)에서 으뜸이다.

그 당시에도 한계령 주변의 경치는 영서에서 제일로 쳤음을 알 수 있다. 장수대 옆으로 흐르는 시내가 한계천이다.

조선 전기에 이곳을 찾은 이가 있었으니, 바로 김시습이다. 율곡 이이(李珥, 1536~1584)는 「김시습전(金時習傳)」에서 김시습의 행적에 대해 "강릉과 양양 등지로 돌아다니며 놀기를 좋아하고, 설악 · 한계 · 청평 등의 산에 많이 머물렀다."고 기록한다. 허목(許穆, 1595~1682)은 『기언』 중 「청사열전(淸士列傳)」에서 "양주의 수락산, 수춘(춘천)의 사탄향, 동해 가의 설악산과 한계산, 월성(경주)의 금오산은 모두 김시습이 즐겨 머물렀던 곳이다."라고 적어 놓았다. 이이와 허목이 말한 한계와 한계산은 인제 쪽의 한계령 일대와 귀때

기청봉과 안산을 포함한 서북능선을 가리킨다. 더 넓게는 인제에 속한 설악산을 의미하는 경우도 있다.

김시습은 한계천에서 「한계(寒溪)」란 시를 읊조린다. 여기서 한계는 한계천을 말한다.

오열하며 흐르는 한계의 물은 鳴咽寒溪水
텅 빈 산에서 밤낮으로 흐르네. 空山日夜流
뛰어난 인물 따를 수 없는 내가 不能隨俊乂
한가로이 쉴만한 곳이네. 且可任優休
외진 땅이라 구름 깨끗하고 地僻雲牙淨
맑은 못이라 이끼 거의 없지만 潭清石髮柔
꿈속에서도 돌아가지 못하고 夢魂歸未得
바람 따라 떠도니 시름겨워라. 飄轉實堪愁

김시습이 살았던 시기는 세조의 왕위 찬탈과 같은 역사적 사건들의 연속이었다. 그 속에서 김시습은 끊임없이 고뇌하면서도, 한편으로는 이를 과감하게 벗어던질 수 없어 평생 방랑과 은둔을 반복하며 방외인(方外人)으로 살았다. 그가 이곳을 찾은 시기는 1483년쯤인 것 같다. 이 때 그는 다시 스님이 되어 양양, 강릉, 설악 등에서 지낸 시기이다.

한계천의 물소리를 깊은 슬픔에 목이 메어 우는 울음소리로 비유하는 사람이 누가 있을까? 이곳을 찾은 김시습은 틀림없이 깊은 슬픔에 잠겨 있었을 것이다. 그 슬픔은 잠깐 있다가 사라지는 일시적인 것이 아니었다. 그래서 잠시 동안 울고 만 것이 아니라 밤낮으로 운다고 보았던 것이다. 슬픔의 깊이를 헤아리기 어려울 정도이다. 따를 수 없는 뛰어난 인물들은 아마도 사육신이었을 터. 그들과 같이 하지 못했기에 할 수 있는 것은 모순 가득한 현실을 떠나는 것이다. 이곳에서 은거하려 하지만 마음 편히 한 곳에 정주할 수 없는 그에게, 늘 그랬듯이 다시 방랑이 기다릴 뿐이다.

이곳은 전쟁에서 스러진 장병들의 눈물과, 2006년 홍수에 무너진 나무와 돌들, 그리고 김시습의 아픔이 중첩된 곳이다. 그래서일까? 장수대 앞을 흐르는 물은 더 크게 소리를 낸다.

한계보다 푸른 눈빛 어디로 갔는가

길을 건너 설악산국립공원 장수대분소를 찾아 한계사지 방문을 허락받고 절터로 향한다. 절터에 가려면 사전에 허락을 받아야 하고, 학술 연구 목적 외에는 출입을 금하기 때문에 일반인들이 접근하기 어렵다. 때문에 대승폭포를 찾는 사람들은 대부분 한계사지를 생략하고 곧바로 폭포로 향하곤 한다. 한계사지로 향하다 머리를 드니 뒷편으로 바위산이 병풍처럼 펼쳐져 있다. 내가 설악산에 있다는 것을, 한계사지가 설악산 품안에 있다는 것을 다시 일깨워준다. 굳게 닫힌 문을 지나지 긴은 숲으로 이어진다. 오래된 폐가를 지나지 잘 정돈된 한계사지가 펼쳐진다. 절터는 직사각형의 낮은 철책으로 나뉘어져 있고, 그 안에 영화로웠던 절의 이야기를 들려주는 석조물들이 누워 있다.

한계사는 신라 제28대 진덕여왕 원년(647)에 자장율사가 창건하였다고 한다. 오랜 세월 동안 여러 차례 화재가 났으며, 마지막으로

한계사지 뒷산

화재가 나자 절을 옮기고 남은 터가 한계사지이다. 고려의 문인인 이규보
(李奎報, 1168~1241)가 한계사의 주지를 만나 이야기를 나누다 지은 시가
전해진다.

노을과 구름 좇아 하늘에서 노닐고자 하니 霞想雲情遠天半
좋은 벼슬 많은 녹(祿)도 날 잡지 못하리 玉籠金鎖莫我絆
내 평생 원차산(元次山)을 배웠기에 平生自學元次山
한계로 가서 낭만랑(浪漫郞)이라 불리고 싶었는데 欲往寒溪稱浪漫
한계의 주인을 우연히 여기서 만나 寒溪主人偶此逢
다시금 눈썹 펴고 함께 웃고 있구나 聊復軒眉一笑同

선(禪)의 묘미에 남은 술 어찌 꺼리겠으며 　禪味何妨飮餘滴

고상한 얘기에 호방한 기상 더욱 사랑하게 되었네 　談鋒更愛生雄風

노느라고 해 지는 줄도 몰랐는데 　相從不覺西日側

자욱하게 낀 저녁연기 저녁노을 재촉하누나 　十里靑煙催晩色

다시는 한계에서 노니는 일 그리워하지 않으리 　不須更憶寒溪遊

스님의 눈빛이 한계보다 더 푸르니 　見公眼色奪溪碧

원차산(元次山)은 중국 당나라 사람 원결(元結)의 자이다. 그는 처음에 호를 의간자(猗玕子)로 하였다가 낭사(浪士), 노는 만낭(漫郞)으로 고쳤다. 성품이 고결하고 우국의 충정이 넘쳐, 전란으로 인한 인민의 고통과 사회상에 눈길을 돌린 침통한 작품을 많이 지었고, 대종(代宗) 때에 어버이가 늙은 까닭으로 벼슬을 버리고 고향으로 돌아가 책을 벗 삼고 살았다고 한다.

이규보는 벼슬살이에서 벗어나 자연으로 돌아가고자 했다. 자연은 한계(寒溪)로 구체화된다. 그러던 차에 한계사 주지 스님을 만나 이야기를 나눈다. 속세에 찌들어 미간을 찌푸리기만 했었는데 파안대소 하고 있는 자신을 보게 된다. 스님의 고담준론(高談峻論)에 시간 기는 줄도 모르고 있다가 문득 이규보는 한계에서 노닐지 않겠다고 선포한다. 무슨 말인가? 스님의 눈빛에서 한계의 모습을 보았기 때문이 아닐까? 스님을 만나 이야기를 나누면 충분하기 때문에 한계에서 유유자적하는 일을 바라지 않겠다는 의미일 것이다. 스님의 풍모와 청담(淸談)을 칭찬하는 말이면서 이규보의 마음속에 자리 잡고 있는 이상향이 한계임을 보여주는 시이다.

돈욱은 「설악산심원사사적기」에 한계사에 대한 구전을 기록하였다. 화천에 비금사(琵琴寺)라는 오래된 절이 있었다. 그런데 절이 있는 산에 사냥꾼들이 드나들면서 살생을 일삼아 산수가 더러워졌다. 그럼에도 이를 모르는 승려들이 샘물을 길어 부처님께 공양하였다. 이를 보다 못한 산신령이 하룻밤 사이에 비금사를 설악산 대승폭포 아래에 있는 옛 한계사터로 옮겼다. 그날 밤 절에 유숙하던 승려와 과객들은 그 사실을 몰랐다. 날이 샐 무렵 일어나 보니 절 주변에 기암괴석이 둘러쳐져 있고 절벽으로 흘러내리는 폭포가 마치 옥을 뿜어내는 듯 했다. 사람들이 그 까닭을 몰라 어리둥절하고 있는데 홀연히 관음청조(觀音靑鳥)가 날아와 "낭천의 비금사를 지금 옛 한계사터로 옮겼다"라고 말하며 사람들에게 신비함을 알렸다고 한다. 이 이야기는 한계사가 중건되었음을 알려주는 이야기다. 언제 중건되었을 때의 이야기인지 모르겠으나 17세기만 해도 한 차례의 중건이 있었다.

유몽인(柳夢寅, 1559~1623)은 1590년에 한계사에서 묵은 적이 있었다. "한계사(寒溪寺)에서 자는데 밤새도록 비가 왔다. 아침에 다시 구경하니 폭포의 기세가 대단하다. 바람이 불어도 흩어지지 않으니 참으로 천하의 장관이다. 한계사 옛 터의 감아 도는 형세의 뛰어남은 우리나라에서 제일이다." 「제감파최유해호부묵유금강산록후(題紺坡崔有海號副墨遊金剛山錄後)」에 실려 있는 한 대목이다. 유몽인이 하룻밤 유숙한 곳이 지금의 한계사터라면, 그가 말한 한계사 옛 터는 어디를 말하는 것일까? 유몽인이 머물던 한계사는 자리를 옮겨 새로 지은 한계사라는 것을 알려준다.

유몽인이 머문 한계사는 다시 폐허가 된다. 구사맹(具思孟, 1531~1604)은 『팔곡선생집(八谷先生集)』에서 한계사와 관련된 재미난 이야기를 들려준다. 한계령을 오가는 사람들은 한계사에서 잠을 자야만 했다. 한계사 스님들은 사람들 접대하는 것이 힘들어 절을 떠나서 빈 채로 버려졌다고 한다. 지금은 무너지고 부서진 지 이미 오래여서 옛 터만 남았다고 증언하고 있다. 그런데 유창(兪瑒, 1614~1690)은 「관동추순록」에서 1657년 9월에 한계사에서 잤다고 기록한다. 유창이 묵은 한계사는 중건된 한계사일 것이다.

홍망을 계속하던 한계사가 역사의 뒤안길로 사라진 시점은 김수증이 한계사를 방문하기 일 년 전이다. 그가 한계사를 찾은 것은 1691년이었다.

한계사지

아침 식사를 하고 나서 한계사의 옛터로 내려갔다. 절은 지난해에 재앙을 만나 석불(石佛) 3구는 깨어진 기와 조각과 잿더미 속에서 타서 훼손되었다. 오직 석탑(石塔)만이 뜰 한 모퉁이에 서있고, 작약(芍藥) 몇 떨기가 거친 풀 속에 활짝 피어 있을 뿐이다.

김수증의 「한계산기」에 의하면 한계사는 김수증이 방문하기 일 년 전에 화제를 만나 석불(石佛) 3구는 깨어진 기와 조각과 잿더미 속에서 타서 훼손되었고, 석탑만이 뜰 한 모퉁이에 서 있었다. 현재 이곳에는 석탑과 돌사자 상이 남아 있다. 남삼층석탑이 보물 제1275호, 북삼층석탑이 보물 제1276호로 지정되어 있다. 유물 유적은 대부분 석조물이며 높은 석축 위에 절터를 마련하고 사찰을 세웠던 건물터와 3층석탑 2기, 불대좌, 광배, 연화석 등의

한계사지 남삼층석탑

한계사지 북삼층석탑

석재가 남아 있다. 석탑은 통일신라시대에 조성된 화강암 3층석탑으로 1기는 법당터에 무너진 채로 있던 것을 사찰터에 복원하였고, 다른 1기는 사찰터 북쪽 언덕 위에 무너져 있던 것을 복원하였다. 김수증이 한계산을 방문한 해는 신미년(辛未年)인 1691년 5월이었으므로 1690년에 한계사는 화재의 변을 당했던 것이다.

김창협의 여행기도 이를 뒷받침한다. 그는 1696년 8월에 이 일대를 여행하고 「동정기」를 남긴다.

> 10리만에 원통역이 나타났는데, 큰 소나무들 사이를 계속 걷노라니 수목의 끝을 따라 은은히 보이는 몇몇 봉우리들이 마치 눈에 덮인 것 같아 기분을 들뜨게 하였다. 15리를 가서 절에 이르러 묵었다. 절이 전에는 폭포 밑에 있었는데 경오년(1690)에 불타서 옮겨 세웠으며, 그 후 얼마 지나지 않아 또 불이 나 임시로 대강 얽어 놓은 상태이고, 미처 다시 세우지 못하였다. (김창협, 「동정기」)

김창협이 들렀을 때 공사 중이던 절은 한계사가 불에 타자 한계리 쪽으로 내려온 운흥사를 말한다. 「심원사사적기」에 의하면 운흥사는 1704년 화재를 당해 백담계곡으로 옮기게 된다.

한계령을 오가는 사람들에게 휴식의 공간을 마련해 주었던 한계사. 주춧돌과 탑만이 절터를 지키고 있다. 한계사에서 머물던 한계의 물빛보다 푸른 눈을 지녔던 스님은 어디로 갔는지 찾을 길 없고, 가리봉 위 푸른 하늘만 보일 뿐이다.

구름이 발밑에서 피어오르네

장수대분소를 지나자마자 굵은 노송들이 즐비하다. 등산로 옆으로 조그만 개울이 흐른다. 수량이 적은 걸 보니 대승폭포의 진면목을 보지 못할까 슬그머니 걱정이 앞선다. 그러나 청량한 솔내음과 귓전을 스치는 바람 소리가 금방 고민을 날려 보낸다. 물웅덩이가 보여 몇 모금 마시고 물통에 가득 채웠다. 매번 느끼지만 시중에서 사는 생수보다 몇 배 상쾌하다.

평평한 길도 잠시 본격적으로 계단이다. 마음을 단단히 먹고 있는데 가까운 곳에서 물 떨어지는 소리가 들리는 것이 아닌가? 물소리를 따라 올라가니 폭포가 기다린다. 나중에 알아보니 '사중폭포'라고 적혀 있는 지도가 보이고, 먼저 다녀간 분들도 한결같이 '사중폭포'라고 답사기에 적어놓는다. 수량은 많지 않고 와폭에 가깝다. 바위를 적시며 동아 줄 굵기로 떨어진다. 위를 보니 새끼줄만한 폭포가 또 있다. 우회하여 올라가니 폭포보다 비석이 먼저 반긴다. 먼저 간 친구를 그리워하며 세운 비다. 앞에 있는 소주 한 병이 먼저 간 친구를 위로한다. 젊은 나이에 어쩌다가 먼저 갔을까? 나이를 헤어보니 15살이다. 그래서 너욱 가슴이 저민다. 삶을 제대로 느끼지도 못한 채 홀로 머나먼 길을 떠난 사람도 그러할 것이며, 남아 있는 사람들은 또 얼마나 숱한 밤을 눈물로 보냈을 것인가? 산을 내려가면 먼저 간 이를 위하여 술 한 잔 올리리라.

위쪽으로 폭포가 두 개 더 보인다. 그 위로 더 있는지 알 수 없다. 협곡이어서 도저히 올라가서 확인 할 수 없다. 아마도 폭포 네 개가

사중폭포

이어져 있어서 '사중폭포'라고 했을 것 같다. 마침 설악은 울긋불긋한 물감으로 갈아입는 중이다. 계속 이어지는 계단 때문에 몸은 고통스럽지만 눈은 호강을 한다. 서늘한데도 금방 땀이 떨어지고 물통은 벌써 가벼워졌다. 눈의 즐거움도 잠시 아무 생각이 없다. 한 시간 정도 걸린다고 하니 그냥 견딜 뿐이다. 그런데도 너무 힘들다. 가슴이 느끼는 통증과 다리가 느끼는 통증 중 어느 쪽의 강도가 더 센지 분간하지 어렵다. 어깨가 느끼는 압박은 양반이다.

지그재그로 이어지던 좁은 계단 중간에 조그만 전망대 겸 쉼터가 보인다. 발밑을 바라보면 오금이 저리지만 시야가 트여 있어서 주변의 경치를 한눈에 감상할 수 있다. 동쪽을 보니 한계령 정상 부근이 움푹 패여 있다. 서쪽을 바라보니 한계사지 근처는 붉게 물들어 있다. 정면에는 가리능선이 장엄하게 하늘을 받치고 있다. 가리봉과, 주걱봉, 그리고 삼형제봉이 만든 산줄기가 서북능선과 나란히 버티고 있다. 쌍벽이란 표현은 이럴 때 써야한다. 장수대에서 바라볼 때와 또 다른 느낌이며 경관이다.

이채(李采,1745~1820)는 대승폭포를 찾아가는 길에서 느낀 두려움과 고통, 그리고 희열을 가감 없이 표현했다.

험한 산길 오르고 또 오르는데 登登山路峻
새벽 비를 맞으니 미끄러워 又經曉雨滑
솔가지 꺾어 잔설을 쓸고 折松掃殘雪
몇 번이나 이끼를 문질렀던가 幾回捫石髮
벌벌 떨며 앞으로 갈 수 없어 脅息不能前
단풍나무 숲에 앉아 잠시 쉰다네 楓林坐蹔歇

가리능선

그대는 폭포가 아직 멀었다고 말하지만 君言瀑尚遠
나는 술이 벌써 바닥난 것 아깝네 我惜酒先竭
남쪽으로 가리봉을 바라보니 南眺伽尼峯
하늘을 찌르는 건 모두 바위들 參天摠石骨
울창한 나무엔 저물녘 산기운 끼고 攢樹暮嵐積
먼 하늘엔 새 날더니 사라져버리네 遙空去鳥沒
날아갈 듯 신선이 되려는지 飄然欲羽化
걸음걸음 발밑에서 구름이 피어나네 步步雲生檻

이채(李采)가 걷던 길은 지금 내가 걷는 길과 비교하지 못할 정도로 험하고 위험했을 것이다. 나는 안전한 계단을 오르면서도 고생했다고 늘어놓는데, 그 당시에는 잠깐 한눈을 팔면 목숨이 위태로웠을 것이다. 고생에 대한 보답인지 이채가 오를 때는 한계사지 아래에서 구름이 뭉개뭉개 올라왔다. 발밑에 펼쳐진 운해는 이채를 구름 위에 있는 신선으로 만들었다. 몇 번 이 길을 올라야 신선이 되는 기분을 느낄 것인가? 앞으로 몇 번 더 이곳을 찾아야 할 것 같다.

하늘에서 은하수가 쏟아져 내리는구나

호흡이 어느 정도 진정되고 땀이 식자 다시 한 계단 한 계단 오르기 시작했다. 흘끔흘끔 뒤를 돌아볼 때 마다 가리능선은 더 장엄하게 펼쳐진다. 물 한 모금 마시고 묵언수행 중인데 바람소리 속으로 사람 소리가 묻어온다. 소나무 사이로 빨간 등산복이 보인다. 갑자기 힘이 솟구친다.

대승폭포는 금강산의 구룡폭포, 개성의 박연폭포와 함께 우리나라 3대폭포의 하나로 꼽힌다. 남한에서 제일인 셈이다. 대승폭포는 대승령(1,210m)으로 가는 등산로 900m 지점에 있으며, 높이는 88m다. 폭포 이름의 유래를 알려주는 이야기가 전해진다. "먼 옛날 한세리에 내승이라는 총각이 살았다. 하루는 폭포가 있는 돌기둥 절벽에 동아줄을 타고 내려가서 돌 버섯을 따고 있었다. 그런데 절벽위에서 대승아! 대승아! 하고 돌아가신 어머니의 외침이 들리는 것이 아닌가. 동아줄을 타고 올라갔으나 어머니는 간 곳 없고 동아줄에는 짚신짝만한 지네가 매달려 동아줄을 뜯어 막 끊어지려는 참이었다. 대승은 급히 동아줄을 타고 올라 무사히 살아 날 수 있었다." 후

대승폭포

세 사람들은 죽어서도 아들의 위험을 가르쳐준 어머니의 외침이 메아리 친다하여 이 폭포를 대승폭포라고 부르기 시작했다고 한다. 참으로 훈훈한 이야기다. 죽어서도 아들을 생각하는 어머니의 사랑이 느껴진다.

대승이와 어머니의 생각이 끝나기도 전에 대승폭포에 도착했다. 등산로에서 좌측으로 향하니 폭포보다도 넓은 바위가 기다린다. 그 유명한 '구친은하(九天銀河)'가 새겨진 바위다. '구천은하'는 이백의 시 「망여산폭포(望廬山瀑布)」에서 힌트를 얻었을 것이다.

> 향로봉에 햇빛드니 푸른 안개 자욱한데   日照香爐生紫煙
> 저 멀리 폭포는 긴 강물 매단 듯   遠看瀑布掛長川
> 나는 듯 곧바로 삼천 길 떨어지니   飛流直下三千尺
> 은하수 하늘에서 쏟아져 내리는가   疑是銀河落九天

멀리서 봤을 때는 강물을 매단 것 같더니, 가까이서 바라보니 은하수가 쏟아져 내리는 것 같다! 예전에는 '곧바로 삼천 길 떨어진다'란 구절을 뇌이곤 했었다. 그러나 대승폭포를 본 후에는 '은하수가 하늘에서 쏟아져 내린다'는 구절이 계속 맴돈다. '구천은하'는 바로 '은하수가 하늘에서 쏟아져 내린다'는 뜻이다. 대승폭포를 봤을 때의 충격을 더 이상 어떻게 표현할 수 있을까?

바위에 새겨진 '구천은하'의 주인공에 대해선 양사언(楊士彦, 1517~1584) 설이 널리 알려졌으나, 바로 김수증(金壽增, 1624~1701)이 주인공이다. 임적(任適, 1685~1728)은 「한계폭포기(寒溪瀑布記)」에서 '구천은하'의 주인공을 밝혀놓았다. 뿐만 아니라 폭포에게

바치는 글을 짓는다.

　물은 서쪽 산에서 흘러와서 절벽에 이르러 폭포가 된다. 높이는 수백 길이
고, 좌우는 깎은 듯 매우 우뚝하다. 아래는 점점 좁아지면서 깊은 못이 되는데,
사람이 붙잡고 들어갈 수 없다. 동쪽에 바위가 있는데 자연대(紫烟臺)라 부른
다. 폭포와 마주하고 서 있으며, 겨우 백여 보 떨어져 있다. 높이는 폭포보다
1/3 작으며, 앉아서 폭포를 바라볼 수 있다. 대(臺) 위에 구천은하(九天銀河)
네 자를 새겼으니, 곡운(谷雲)의 글씨라고 한다. 마침 비가 내려 물의 기세가

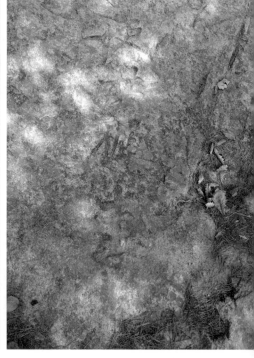

구천은하 바위글씨

자못 성하다. 쏟아져 내리면서 내뿜고 부서지니 잠깐 사이에 만 가지로 변한다. 어떤 때는 가운데가 갈라져 두 개의 물길이 되니, 은하수가 하늘을 가로지른 것 같다. 어떤 때는 합해져서 하나가 되니, 긴 무지개가 하늘을 가로지른 것 같다. 어떤 때는 바람이 불어 흩어놓으니 엷은 안개가 벽을 에워싸는 것 같다. 모양이 기이하고도 장하여 사람의 마음과 눈을 현혹시키니, 진실로 우리나라 제일의 장관이다.

곡운(谷雲)은 김수증의 호다. 그는 1698년에 인제에서 출발하여 한계사지를 경유하여 폭포에 도착하였다. 이후 대승령과 백담계곡을 구경한 후 용대리로 나가면서 「유곡연기(遊曲淵記)」를 남긴다. 폭포를 관망하는 '자연대(紫烟臺)'도 그가 지은 것이다. 이것도 이백의 시에서 영감을 얻었을 것 같다. '푸르스름한 안개가 피어오르는 곳' 멋지지 않은가? 이곳에 나무로 관망대를 만들어 놓았다. 자연대는 '관폭대(觀瀑臺)' 또는 '망폭대(望瀑臺)'란 이름도 갖고 있다.

대승폭포는 한계폭포로도 불렀다. 아니 한계폭포라는 이름이 더 널리 오르내렸다. 대승폭포란 명칭을 사용한 사람들은 김시보, 안석경, 정약용 등 몇 사람들이다. 언제부터 대승폭포란 이름만 사용하게 되었는지 알 수 없다. 아마도 내승폭포 이름의 유래가 알려지던 전후가 아닐까? 대승폭포에 얽힌 이야기는 마음을 포근하게 해준다. 다른 유래가 있을 것 같다. 폭포 위에 지금은 없어진 대승암(大乘庵)이 있었다. 폭포를 구경하러 온 사람들이 묵곤 했던 암자였다. 김수증도 이곳에서 하룻밤을 지냈다. 대승암 때문에 대승폭포가 되었을 것 같다.

선인들이 폭포를 바라보던 자연대는 나무 때문에 방해를 받는다. 할 수 없이 새로 만든 전망대로 향했다. 그런데, 삼천 척이나 되는 물기둥, 하늘에서 쏟아져 내리는 은하수를 기대했는데, 손가락만한 물줄기가 조금 떨어지더니 사라져 버리는 것이 아닌가! 한창 가물 때 찾은 것이 패착이었다. 또 생각해보니 한 번에 폭포의 진면목을 보겠다는 애초의 생각이 잘못된 것인

폭포를 감상하던 자연대

지도 모른다. 최소한 몇 번 발걸음을 하는 것이 대승폭포에 대한 예의일 것 같다는 생각이 든다. 대신 폭포를 노래한 시를 꺼내 놓고 음미하니 폭포에선 다시 은하수가 쏟아져 내린다.

설악산의 기행을 기록한 『장유록(壯遊錄)』에 실린 시를 먼저 읽는다.

> 모양은 흰 무지개 땅에 드리워 서 있는 듯 形似白虹垂地立
> 기세는 은하수가 하늘에서 떨어지는 듯 勢如銀漢落天來
> 물방울 바람 따라 뒤집어지자 안개가 되니 玉沫隨風翻作霧
> 조물주 뜻이 있어 별천지를 만들었네 化翁多意別天開

이 시를 읽으니 무지개가 펼쳐지고 은하수 드리워진다. 속세의 인간이 살지 않는 별천지가 펼쳐진다. 폭포를 구경하는 사람들은 자리를 뜰 줄 모르고 계속 셔터를 눌러댄다. 그분들도 못내 아쉬워한다. 그러나 덕분에 또 다른 절경을 볼 수 있었으니, 바로 깎아지른 절벽이다. 설악산 어딜 간들 바위절벽이 없겠냐마는 이곳의 절벽은 색다른 감동을 준다. 아름다움보다는 강건한 힘을 보여준다. 도끼로 거칠게 내려찍어서 만든 것처럼 야성적인 힘이, 원시적인 힘이 느껴진다. 아마 폭포의 물이 많았다면 이곳을 주목하지 못했을 것이다.

설악산의 주인인 김창흡(金昌翕)의 시를 감상하지 않을 수 없다. 김창흡은 한계폭포라고 제목을 붙였다.

> 산을 볼 때는 험준함을 봐야 하고 見山必其峻
> 물을 볼 때는 폭포를 봐야한다 見水必其瀑

높도다! 한계폭포여 危哉寒溪瀑

만 길 절벽에서 떨어지누나 起自萬丈壁

절벽 높아 물은 보이질 않고 壁高不著水

검은색은 온 바위로 번졌는데 蒼蒼竟一石

살랑 바람 물줄기 가운데를 흔드니 輕風拂中流

사방으로 나는 듯 흩어지누나 霧散飄南北

물방울 오랫동안 떠 있다가 餘沫久徘徊

쏴아쏴아 단풍나무 잣나무로 불어오자 颯颯吹楓栢

나무에 뒤엉기고 어둑하고 깊어서 楓栢結陰深

골짜기 속을 엿볼 수도 없어라 不可窺中谷

서산에 해는 이미 저물어 西峰日旣隱

자연대에 앉아 있을 수 없어 東臺坐不得

폭포의 발원지 찾으러 將以問上源

밤중에 대승암에서 자네 夜爲招提宿

시를 읽을 때마다 느끼는 것이지만 시에 대한 감상과 풀이는 사족과 같다. 더 이상 무엇이 필요하겠는가? 김창흡은 몇 시간을 보낸 것 같다. 해가 뉘엿뉘엿 저서야 발걸음을 돌린다.

대승암과 상승암, 돌아가는 걸 잊다

마침 대승폭포를 구경하러 온 부부가 자연대에 앉아 점심을 먹는다. 김밥과 음료수를 손으로 밀며 자리를 만들어준다. 눈빛이 선하다. 산에 오면 자기도 모르는 사이에 날선 눈빛은 사라지고 산을 닮아가는 것 같다. 인자요산(仁者樂山)이라는 말도 있지 않은가? 산에서 만나는 사람들은 모두 다 인자하다. 먼저 인사를 건네고 사탕을 나눠준다. 적의가 나도 모르는 사이에 사라진다. 그래서인지 설악산에서 만나는 다람쥐들은 사람들은 겁내지 않는다. 처음에는 너무 신기했다. 아니 내가 더 당황했다.

나이 지긋한 부부는 삶은 달걀도 건넨다. 목이 멜 거라며 배추국도 권한다. 줄 것이 없는 나는 앉아 있는 곳에서 조금 떨어진 곳에 새겨진 '구천은하'에 대해서 이야기해 주었다. 미처 몰랐다며 무척 신기해하신다. 마음이 조금 편안해진다.

인사를 나누고 대승령으로 향한다. 예전에 설악을 유람하는 사람들은 백담사에서 흑선동계곡을 통과해 대승령을 넘은 후, 대승폭포를 구경하고 한계사로 향하곤 했다. 반대로 한계사에서 출발하여 흑선동계곡을 지나 백담사로 가거나, 영시암을 거쳐 봉정암과 대청봉에 오르기도 했다. 대승폭포를 구경하고 대승령으로 향하던 사람들은 날이 저물면 대승암에서 하룻밤을 보내곤 했다.

김창협(金昌協)은 1696년 8월에 이 코스를 걷고 「동정기(東征記)」를 남기고, 「대승암에 묵으며」란 시도 짓는다. 대승폭포에서 한두 시간 동안 앉았다가 대승암(大乘菴)으로 갔는데, 자리 잡은 지대가 매우 높고 호젓하여 마음에 들었다고 기록한다. 다만 몇 년 동안 거처한 중이 없어 너무 심하게 황폐해졌고, 하룻밤은 지낼 만하여 유숙하기로 하였다. 그가 머문 대승암은 어디에 있을까?

대승폭포 위 계곡은 물이 풍부하지 않다. 건조한 날씨가 계속되어서일 것이다. 커다란 돌들이 계곡을 가득 채우고 있고, 돌 틈으로 물이 졸졸 흐른다. 수많은 사람들이 대승폭포를 찾았을 때도 오늘과 비슷하였던 것 같다. 그래서 몇몇 사람들은 폭포 위 계곡물을 막은

대승암터 축대

후, 물이 어느 정도 차면 둑을 터뜨리게 했다. 장쾌한 폭포를 보기 위해서 이러한 수고를 하였던 것이다.

조그만 다리를 건너면서부터 주변을 유심히 살폈다. 물이 흐르는 곳을 중심으로 몇 번을 찾았다. 그러나 절터로 보이는 곳을 찾는 것은 생각보다 어려웠다. 답사 올 때마다 찾았으니 서너 번은 된 것 같다. 제법 넓은 묘지가 보인다. 지나가다가 무심코 보니 축대가 보이는 것이 아닌가.

나무껍질 지붕의 오래된 암자　古寺木皮瓦
중은 없고 덩굴풀이 문을 얽었네　僧去薜荔鎖
작은 향로 향 사른 흔적이 있고　小鑪爐檀香
응달 벽엔 산과실 덩굴 뻗었네　陰壁蔓山果

청설모 불감(佛龕)에서 잠을 자다가　蒼鼠眠佛龕

사람 보고 달아나다 떨어지기도　驚人竄復墮

이곳은 그야말로 깊은 산이니　幽深此焉極

황폐함도 진실로 당연한 일　荒落固自可

청소하고 자리에 누우니　灑掃寄枕簟

흰 구름 나에게로 다가오네　白雲來就我

홈통 나온 샘물 달고 차가워　覓泉試甘冽

차 덩이 보따리에서 푸네　茗圍發包裹

산 속에서 삼 캐던 사람　中峯採參子

해 저물고 산길 험난하여서　日暮路坎坷

돌아가지 않고 함께 지내는데　相偶宿不歸

창 너머 관솔불이 깜박이누나　隔窓耿松火

　김창협이 찾았을 때는 이미 스님이 암자를 떠난 후였고, 청설모가 암자를 지키고 있었다. 불감(佛龕)에서 잠을 자다가 낯선 사람을 보고 달아나다가 떨어진다는 표현에 웃음을 지었고, 청소하고 자리에 누우니 흰 구름 다가온다는 구절에선 절터에 눕고 싶었다. 산 속의 절은 스님들의 수도처이기도 하지만 나그네들이 이슬을 피하는 곳이기도 하다. 김창협은 심마니와 함께 관솔에 불을 붙이고 하룻밤을 보냈다. 절터에 앉아서 폭포 쪽을 바라보니 가까운 곳에 봉우리가 우뚝하다. 배낭에서 김창협의 「동징기(東征記)」를 꺼냈다.

　　아침을 먹고 나서 가마에 올라 만경대(萬景臺)로 향하였다. 만경
　대는 대승암 남쪽 5리쯤에 있는데, 하나의 바위 봉우리다. 가장 앞에
　있는 바위 벼랑은 매우 높고 가팔라서 아래를 내려다봐도 땅이 보이

지 않고, 위로는 더욱 깎아지른듯하여 겨우 한 사람만 앉을 수 있다. 올라가 산 속 여러 바위 골짜기들을 보니 마치 손바닥을 들여다보듯 훤히 보였다. 마침 흰 안개가 일어나면서 큰 바다처럼 가득히 피어나, 주위의 경물을 삼켰다 토해 내자 경치가 생겨났다 사라지곤 하면서 순식간에 천 가지 모습으로 변한다.

만경대(萬景臺)는 고유명사이면서 일반명사다. 주변의 경관을 잘 조망할 수 있는 곳이 가질 수 있는 이름이다. 설악산에도 만경대란 이름을 갖고 있는 곳이 여럿이다. 대승폭포 위에 있는 만경대는 지금까지 잘 알려지지 않은 곳이다. 어떤 글에서는 향로봉(香爐峰)이라 적는다. 이 이름은 이백의 시 「망여산폭포(望廬山瀑布)」 중 "향로봉에 햇빛드니 푸른 안개 자욱한데 [日照香爐生紫煙]"라는 구절을 염두에 둔 것 같다.

상승암(上乘菴)을 찾으러 대승령을 향해 발길을 돌렸다. 대승령이 점점 가까워 오면서 가리능선도 조금씩 높아져 간다. 그러나 울창한 나무와 낙엽은 암자터를 숨긴 채 가만히 있다. 대승령이 700m 남았다는 이정표가 보인다. 낙담하고 있는데 등산로에서 조금 떨어진 곳에 석축이 보이는 것이 아닌가? 허겁지겁 달려가 보니 축대는 많이 허물어졌지만, 집터였음을 짐작하기에 충분하다. 그 위는 제법 넓은 평지다. 그렇다면 이곳은 상승암터일 것이다. 김창협은 대승암에서 밥을 먹고 나서 상승암의 옛터에 가 보았는데, 대승암에서 위로 수백 보 거리에 있다고 하였다.

이번에는 유창(兪瑒, 1614~1690)의 시를 꺼내 읽는다. 그는 1657년 9월에 왔으니, 김창협보다 먼저 상승암에 들렀다. 그때 상승암에는 의천(義天) 선사는 곡기를 끊고 수도 중이었다.

상승암터

깊고 깊은 푸른 산 속에　萬疊靑山裡

오래된 옛 암자 그윽한데　千年古寺幽

창밖엔 온통 붉은 단풍잎　窓前紅葉滿

가을인 줄 모르고 편안히 참선　宴坐不知秋

궁벽한 곳이라 찾는 사람 드물고　絶境人稀到

깊은 산이라 새조차 날지 않네　窮山鳥不飛

신선 사는 곳에서 참 부처 뵙고　仙區見眞佛

마주 대하자 돌아갈 줄 잊노라　相對却忘歸

때는 9월. 주변은 온통 붉은 단풍으로 물든 상태다. 속세 사람들은 단풍처럼 마음이 달아올라 정신을 차리지 못하고 있는데, 스님은 가을의 한 가운데 있으면서도, 그것도 풍광이 아름답기로 소문난 설악산에 있으면서도 모든 것을 잊고 참선 중이다. 스님을 마주한 나그네는 바쁜 속세의 일정을 까마득히 잊고 잠시 선정(禪定)에 든다. 참선 중인 스님을 마주하진 않았지만, 속세로 돌아가는 것을 잊고 삼매경에 빠지지는 않았지만, 나도 그냥 이곳에 머무르고 싶은 마음이 간절하다.

대승령에 우뚝 서다

암자터에서 잠깐 올라가면 대승령이다. 대승령은 내설악으로 들어가는 고개다. 예전엔 이 고개를 넘어 백담사나 영시암으로 향하던 사람들이 많았다. 지금은 출입이 통제되어 있다. 오른쪽은 큰감투봉과 귀때기청봉 방향이고, 왼쪽은 안산과 12선녀탕계곡 쪽으로 갈 수 있다. 정상에는 몇 몇 사람들

대승령

이 주변을 돌아보며 여유롭게 커피를 마시고 있다. 백담사 방향인 북쪽과 가리봉 방향인 남쪽은 시원하게 조망할 수 있으나, 동서 양쪽은 산이 가까이 다가서 있다. 고개라는 것이 실감이 난다. 얼마나 많은 사람들이 이곳을 넘나들었을까? 유람하는 사람들의 발길도 계속 이였겠지만, 구도(求道)를 위해 마당을 베고 저저롭게 사나산 스님들도 많있다. 그분들은 대승령 정상에서 앞뒤로 펼쳐진 산을 보고 무슨 생각을 하였을까? 나처럼 정상에 올랐다고 의기양양하지는 않았을 것 같다. 뒤늦게 도착한 등산객은 기념사진을 찍느라 분주하고, 앞선 사람은 등산 스틱을 짚고 안산쪽으로 향한다.

이의숙(李義肅, 1733~1807)은 「대승령기(大乘嶺記)」에서 대승령 주변을 이렇게 묘사한다.

한계(寒溪)의 석대(石臺)에서 돌면서 북쪽으로 향해 곧은 나무를 잡아당기며 한 계단씩 올라 10 리쯤 가면 대승령(大乘嶺)에 도착한다. 사방에 있는 골짜기와 산굴이 빼어나며 높고 험준한 것으로 알려진 것이 많다. 이곳에 이르니 모두가 겨드랑이 아래에 꿇어 앉아 감히 스스로 높다 하는 것이 없다. 스님이 북동쪽의 아득한 곳을 가리키며 말하기를, "바다입니다. 멀리 보이는 것은 하늘입니다."라고 한다. 오래 바라보니 푸르고 맑은 것은 하늘이고, 매우 푸른 것은 바다다. 맑고 진한 곳의 경계가 가로로 평평하여 '일(一)' 자를 그은 듯하다.

대승령은 해발 1,210m다. 흑선동을 통과하여 백담계곡으로 내려가고 싶다. 그러나 산양 등 야생동물 서식지역이기 때문에 국립공원특별보호구역으로 2026년까지 출입이 금지되어 있다. 망연히 바라만보다가 조인영(趙寅永, 1782~1850)의 「대승령(大勝嶺)」 시를 읊조리며 아쉬움을 달랬다.

1803년 가을, 조인영은 이지연(李止淵), 안광영(安光永)과 함께 여행을 떠난다. 백운산과 설악산 등지를 유람하였는데, 뛰어난 곳을 만날 때마다 시를 지었다. 동일한 제목으로 세 사람이 각기 지었는데 수록된 시는 모두 312수다. 시를 모아 한 권의 책을 만들고 『운설록(雲雪錄)』이라 이름을 붙인다. 백운산의 운(雲) 자와, 설악산(雪嶽山)의 설(雪) 자를 따온 것이다. 서울에서 출발하여 의정부, 포천 백운산 일대, 사창리, 춘천, 홍천, 인제 설악산 일대 등을 읊은 시가 실려 있는데, 다양한 시체로 명승의 아름다움과 감회를 표현한 시들은 19세기 기행시 연구의 중요한 자료로 평가받는다. 『운설록』에 실린 「대승령」은 그의 문집인 『운석유고(雲石遺稿)』에도 실려 있다.

이틀간 설악에 머무니 兩日留雪嶽

설악산은 영험한 지혜와 통하고 雪嶽通靈慧

또 한계(寒溪) 향해 가노라니 又向寒溪去

정신과 진실로 들어 맞는구나 神情實相契

험준한 물 좌우에서 흐르고 峻泉左右走

높은 고개 서남쪽 가리고 있어 崇嶺西南蔽

쉬지 않고 정상에 오르는데 連步絶頂登

올라갈수록 장애물이 많구나 登登多障滯

어찌하면 우공(愚公)의 힘 얻어 那得愚公力

산을 옮겨 달라 상제께 아뢸까 移山格上帝

가을 햇볕은 정말로 짧아 秋日正極短

광경을 잡아둘 수 없는데 光景不可繁

좋은 경치 앞에 막 펼쳐지니 好境方在前

험준한 곳을 어찌 헤아리랴. 險阻安所計

좁은 길에 청려 자라나 靑藜夾道生

가지 꺾어 지팡이 삼고 折枝藉扶曳

쉬었다가 다시 올라가니 休息且攀援

앞길이 다시 뒤와 연결되네 前行復後繼

바로 힘을 쏟아야 하는 곳 正須努力處

올라가 이르기 힘든 곳 아니네 上乘非難詣

바람 강해져 깜짝 놀랐는데 忽驚風力剛

소매를 스치고 지나가네 拂去快衣袂

바다 같은 구름을 밟고 올라가니 躡履雲如海

인간세계와 아득하게 떨어져 있네 迷隔人間世

머리 돌려 청봉(靑峰) 바라보니 回首望靑峰

특별한 생각 더욱 아득하네 別意益迢遞

이제 알겠네, 여기 이르니 乃知身到此
가슴속 생각 끝없이 황홀해짐을 襟懷怳無際
오히려 염려하네, 산이 높지 않아 猶恐山不高
푸른 하늘 기세 덮지 못함을 未薄靑天勢

백담계곡을 지나 오세암까지 유람한 그들은 다음날 흑선동을 경유해 대승령으로 향했다. 서남쪽에 버티고 있는 대승령을 보며 우공이산(愚公移山)을 떠올린다. 우공이 앞을 가로막는 산을 옮겨줬으면 얼마나 좋으랴. 설악에서의 이틀이란 시간은 영험한 지혜와 통하게 하고 나의 마음과 진실로 들어맞는다고 말을 했지만, 그것은 마음이고 육체는 정반대로 치닫는다. 그러나 아름다운 경치를 보면 나도 모르게 위험한 곳도 불사한다. 그러다보니 어느새 대승령 정상이다. 강한 바람에 놀라고 구름 속 정상에 또 놀란다. 대승령 정상에서 조인영은 가슴 속이 황홀해짐을 느끼게 된다.

시를 감상하고 나서 가리능선을 바라보며 대승폭포로 내려갔다. 백담사에서 폭포를 구경하기 위해서 이동항(李東沆, 1736-1804)은 1791년 이곳을 지나며 「해산록(海山錄)」을 남긴다.

내가 일찍이 옛 사람들이 기록하여 놓은 것을 보고, 이 폭포가 우리나라에서 제일이라는 것을 알았다. 오늘 여러 벗들을 억지로 이끌고 험한 고개를 넘을 때까지만 하여도 여러 벗들이 모두 믿지 아니하더니, 비로소 보고는 몹시 들레면서 기이하다고 혀를 차며 칭찬하여 말하기를, "높기는 구룡폭포보다 배는 되며 기이하기는 박연폭포보다 낫네. 만약 이 폭포를 보지 못하였다면 지금의 여행을 헛되이 할 뻔 했네."라고 한다. 나는 처음으로 여러 벗들에게 칭찬을 듣고, 조금 체했던 가슴이 트인 듯 막힌 것이 없게 되었다.

이동항을 따라 갔던 사람들이 대승폭포를 보기 전에 얼마나 투덜거렸을지 짐작이 간다. 그들은 흑선동계곡을 따라 올라와 대승령을 넘었고, 지금 내가 내려가는 길을 내려갔던 것이다. 오를 때 힘들고 시간이 걸리더니 금방 폭포다. 다시 대승폭포를 마주했다. 흥분하면서 감탄하던 옛 사람들이 파노라마처럼 스치고, 친구들의 칭찬에 으쓱해하는 이동항의 모습이 겹쳐진다.

7

한계산을
유람하다

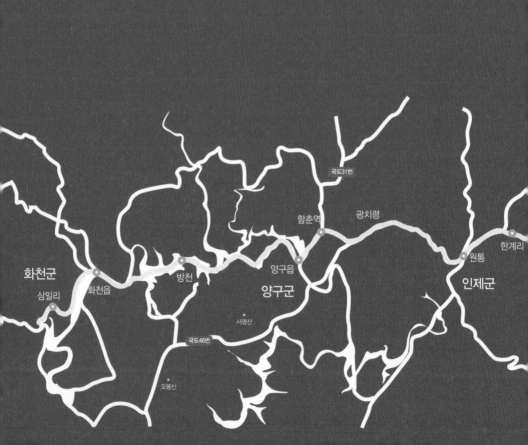

한계산을 유람하다

한계산은 어디에 있는가

　김수증(金壽增, 1624~1701)의 「한계산기(寒溪山記)」를 접하면서 제일 먼저 떠오른 것은 한계령이었다. 20대 초반에 동해바다로 갈 기회가 있었다. 그 때 한계령을 넘었는데 두 개의 이미지로 기억된다. 매우 아름다워서 넋을 잃었다는 것과, 휴게소에서 양양 쪽으로 내려갈 때 길이 너무 험해서 앞좌석을 꽉 쥐고 마음을 졸였다는 것이다. 겁이 났으나 아름다움 때문에 이후 동해바다로 갈 때는 한계령을 이용하곤 했다. 두 번째로 떠오른 것은 양희은의 한계령이란 노래였다. 일부분밖에 모르지만 그 노래는 한계령을 더 친숙하게 해 주었다.

　안세빙에 대해서는 익히 알고 있었지만 한계산이라니? 「한계산기」를 읽고 답사를 다니면서 내내 나를 괴롭힌 것은 한계산과 설악산과의 관계였다. 한계산과 설악산은 같은 산인데 이름을 달리한 것인가? 아니면 다른 산인가? 지금은 한계산이란 명칭이 없어서 혼동될 일이 없지만, 예전 사람들도 나와 같은 고민을 하였던 것 같다. 같은 산인데 지역에서 부르는 이름이 다르다고 생각한 경우이다. 양양군에서는 설악산이라 하고, 인제군에서는 한계산이라 했다는 설이다. 『대동지지』, 『동국여지지』 등의 자료들에서 이러한 주장을 읽을 수 있다. 한계산과 설악산은 다른 산이라고 보는 시선도 있다. 정약용은 「산수심원기(汕水尋源記)」에서 한계산은 설악산의 남쪽 산맥이라고 보고 있다. 『동국여지승람』도 같은 견해다. 옛 지도를 살펴보면 설악산과 한계산은 별개의 산으로 표기돼 있다. 즉 설악산은 백두대간의 본줄기고, 백두대간에서 서쪽으로 뻗은 가지를 한계산이라고 부르고, 또 그렇게 표기하고 있다.

김수증은 어떤 입장이었을까? 그의 「유곡연기(遊曲淵記)」는 이렇다.

> 한계산과 설악산은 옛날부터 신령스러우며 수려한 산이다. 고개와 바다
> 수 백 리 사이에 웅장하게 서려있으니 동쪽은 설악산이고, 남쪽은 한계산
> 이다.

그는 한계산과 설악산을 별개의 산으로 보았다. 그의 여행기 곳곳에서 그렇게 인식한 것을 볼 수 있는데, 백두대간에서 서쪽으로 뻗은 '서북능선'을 한계산으로 인식하였다.

김수증은 1670년에 곡운에 들어와 집을 짓기 시작하여 몇 년 걸려 일곱 칸의 집을 짓고 곡운정사(谷雲精舍)라고 편액을 걸었다. 그리고 1675년에 온 집안이 이사를 온다. 1680년 경신환국으로 남인이 몰락하고 서인이 득세하게 되면서 김수증도 정계로 복귀하였다. 이 기간 동안 회양과 청풍 등지에서 벼슬을 하였다. 그러던 중 1689년에 기사환국이 일어났다. 왕이 후궁인 숙원 장씨의 소생을 세자로 삼으려 하는 것에 반대한 서인들이 내침을 당하고 남인이 정권을 잡게 되었다. 그 와중에 동생 김수항은 유배지에서

사사되고, 김수증은 벼슬을 버리고 곡운으로 들어왔다.

기사환국 이후 김수증은 곡운정사를 떠나 화음동으로 이주할 계
획을 세우게 된다. 1690년 여름에 화음동정사의 본채인 '부지암(不
知菴)'이 완성되면서 화음동정사의 시대가 열렸다. 이 시기에 한계
산을 갔다 온 것이다. 「한계산기」를 따라 유람을 시작한다.

화천에서 하룻밤을 묵다

신미년(辛未年:1691) 5월 6일. 맑음. 식사를 한 후 조카 창흡(昌翕)
과 같이 곡운정사(谷雲精舍)를 출발하여 30리를 갔다. 오리촌(梧里村)
에 도착해서 점심을 먹었다. 북쪽으로 큰 개울을 건넜는데, 이 개울은
곡운동(谷雲洞)의 하류이다. 가현(加峴)을 넘는데 길이 매우 가파르고
위험하다. 원천역(原川驛)을 지나 낭천읍(狼川邑) 아래에 이르러 정대
보(程大寶)의 집에서 잤다. 이 날은 60리를 걸었다.

1691년은 숙종 17년으로 김수증의 나이 68세이던 해이다. 그 해
소카 심창흡과 한계산을 유람하였다. 집을 출발하여 처음 도착한 곳
은 오리촌이다. 오리촌은 지금의 오탄리인데 여기서 점심을 먹고 다
시 길을 재촉한다. 개울을 건너고 도착한 곳은 원천역(原川驛)이다.
『신증동국여지승람』을 보면 원천역은 현의 남쪽 15리에 있다고 한
다. 지금의 원천리를 가리킨다. 달거리고개를 넘어 도착한 원천리에
하남면사무소가 있다. 우체국 옆 원천상회에 들려 주인 아저씨께 원
천리에 대해 물어보니 이것저것 많은 정보를 알려주신다. 가현(加

원천리

峴)에 대해 물어보니 가마니골을 가현으로 기록한 지도를 봤다며 자세하게
알려주신다. 사실 가현의 위치는 「한계산기」를 접하면서부터 나를 괴롭혔
던 지명이다. 처음에는 달거리고개가 가현이라고 생각하고 주민들에게 물
어보고, 많은 자료를 살펴보았지만 확신이 서지 않았다. 그러던 중 원천리
에 가마니골이 있고, 한문으로 가마리(加馬里)로 표기한 문화원의 정보를
접하게 되었다. 순간 가마리(加馬里)의 '가(加)'자와 '가현(加峴)'의 '가(加)'
자가 일치하는 것을 보고 혹시나 하는 기대감을 갖고 물어봤던 것이다.

가마니골은 하남면사무소를 지나서 화천 쪽으로 조금 가다가 왼쪽에 길
게 형성된 골짜기다. 하천 정리 작업이 한창인 개울을 따라 길이 계속 연결
된다. 포장이 끝나는 지점에서 계성리로 가는 길과 가현으로 가는 길이 갈
라진다. 마침 농사일을 하는 할머니를 만났다. 할머니께 예전에 화천 읍내

를 갈 때 어디로 가셨냐고 물으니, 고개를 넘기도 하고 지금 화천가는 길을 따라 가기도 하셨다고 한다. 그러나 지금 고개는 사람이 다니질 않아서 갈 수 없다고 하신다. 고개 쪽으로 가니 두 채의 집이 길가에 있다. 조금 더 올라가자 길은 산 밑의 밭까지 이어지더니 사라진다. 고개 길은 자취만 조금 남겨진 채 수풀만 무성하다.

김수증은 가현이 매우 가파르고 위험하다고 적고 있다. 그러면 김수증은 왜 강을 따라 이어진 길을 경유하지 않고 가파른 고개 길을 택한 것일까? 낭천읍 아래에 이르러 정대보(程大寶)의 집이 열쇠가 되지 않을까? 성대보의 집은 지금의 화천읍에 있었던 것이 아닌 것 같다. 화천읍의 아래에 있다는 것으로 보아, 지금의 '논미리' 쯤에 집이 있었고, 그곳으로 가는 지름길이 가현이었기 때문에 위험을 무릅쓰고 갔던 것 같다.

고려 말과 조선 초에 활약한 원천석은 『곡운행록(耘谷行錄)』에 「원천역을 지나며」와 「원천역」을 남긴다.

강 따라가며 읊조리며 원천역을 지나가니 沿江朗詠過原川
날은 따뜻하고 바람도 가벼운데 한낮이 가까웠네 日暖風輕近午天
온통 소싯 꽃이 십 리쯤 이어지는네 色事花二卦卜
말달리는 채찍 끝에 풀이 연기 같구나 馬飛鞭末草如煙

붉은 복숭아꽃 핀 나무들 울타리 위에 있고 紅桃數樹出疏籬
문 밖엔 버드나무 봄바람에 흔들리네 門外東風細柳垂
황량한 오래된 역이라 사람들 적은데 古驛荒涼人語少
살구꽃 핀 가지서 비둘기 날아가네 鵓鳩飛上杏花枝

원천석은 강을 따라 걷다가 원천역을 지난다. 아마도 봄날이었던 것 같다. 오얏꽃, 복숭아꽃, 살구꽃이 만발한 원천리는 야생화를 키우고 있는 원천리 동그레마을로 변하였다. 산책로를 따라 30여분 걸어가면 서오지리의 연꽃단지를 만날 수 있다. 넓은 연꽃단지에서 가시연, 순채, 어리연 등 300여종의 다양한 연꽃들을 만날 수 있다.

대리진과 관불현을 지나다

5월 7일. 새벽에 가랑비가 조금씩 내리더니 늦게 개였다. 동쪽으로 15리 가서 대리진(大利津)에서 건너고 관불현(觀佛峴)을 넘었다. 강을 따라 올라가는데 밭과 들판이 평평하고 넓다. 강물 북쪽에 있는 집들이 그림처럼 물에 비치며 늘어서 있다. 12시쯤 방천역(方川驛)에 도착하여 역리(驛吏) 김영업(金英業)의 집에서 점심을 먹었다.

화천에서 하룻밤을 묵은 김수증은 한계산을 향해 여정을 다시 시작한다. 먼저 대리진을 건넜다. 대리진은 현 동쪽 12리에 있다고 『신증동국여지승람』이 알려준다. 현재 대이리 앞에 있던 나루터이다. 나루터 뒤쪽에는 대리원(大利院)이 있어 지나가는 사람들에게 숙식을 제공했다.

대리진은 쉽게 도착할 수 있을 거라고 생각했다. 그러나 우여곡절을 겪은 후에 도착할 수 있었다. 처음엔 미륵바위 앞에 나루터가 있었다는 말을 듣고, 미륵바위 근처에서 한참을 고민하였다. 미륵바위 맞은편은 험한 산이 절경을 이루고 있고, 그 밑에 새로 개설된 자전거 도로만이 위태롭게 보였다. 도무지 건너편으로 건널 이유가 없었다. 낙담하며 미륵바위만 쳐다볼 수밖에 없었다.

미륵바위는 모두 다섯 개다. 한 가족이 나란히 강을 바라보고 있는 듯하다. 다시 보니 길 가는 사람들을 바라보는 듯하다. 앞에 설치된 안내판이 자세하게 설명해준다. 화천읍 동촌리에 사는 장모라는 선비가 이 바위에 극진한 정성을 드려 과거에 급제하여 양구현감까지 제수되었다는 전설과, 소금 배를 운반하던 선주들이 안전한 귀향

미륵바위

과 함께 장사가 잘 되기를 바라며 제를 올렸다는 전설이 내려온다고 적고 있다. 입시철에 수험생을 가진 부모들의 발길이 이어진다는 미륵바위 앞에서 김수증의 「한계산기」를 따라가는 나의 여정이 잘 되기를 빌었다.

화천댐 쪽으로 가다가 밭에서 검은 비닐을 씌우고 계시는 노부부를 만났다. 나루터에 대해 물어보니 '구만교' 부근에 있었다고 한다. 그뿐 아니라 그 밑으로도 두 곳이 더 있었다고 하신다. 다리 쪽으로 가니 '뱃터횟집'이 있다. 대리진을 찾았다는 안도감에 근처에 있는 '꺼먹다리'와 '딴산'을 구경하고 관불현(觀佛峴)을 찾아 나섰다.

관불현은 옛 지도에도 있어서 쉽게 찾을 수 있으리라고 가볍게 생각했다. 대리진을 건넌 후 관불현을 넘은 김수증의 발걸음에 구만리고개가 관불현일 것이라고 지레 짐작하였다. 그러나 주민들은 생소하다는 듯 몇 차례 다시 묻곤 했다. 고개 아래 마을구판장을 찾았다. 할머니는 고개 이름이 파로호고개라고 하신다. 뱃터에 대해서 물으니 '대붕교' 아래쪽에 있었다고 하신다. 아까 '구만교' 부근이 아닌 것이다. 고개를 찾는 것을 뒤로 미루고 아래쪽으로 내려갔다. '큰골'에 사시는 할머니에게 물으니 집 앞 소나무 있는 곳에서 맞은편으로 배가 운행하였다고 알려주신다. 다리가 놓이기 전에 물이 깊었는데, 물길이 바뀌면서 얕아졌다고 하신다.

구만리 뒤의 고개 길로 향했다. 정상 부근에 파로호역사관과 함께 '파로호비'가 있다. 파로호는 중공군을 국군 6사단이 해병 1연대, 학도의용군 등과 함께 반격을 가해 격파해 수장한 곳이다. 이승만 대통령이 장병들을 위문하고 전과를 기념하기 위해 적을 격파하고 사로잡았다는 뜻의 '파로호(破虜湖)'라는 친필 휘호를 내리면서 '파로호비'를 건립했다고 한다. 그때부터 1938년 일제가 건설한 화천저수지를 파로호로 부르게 됐다. '파로호비'에서 약 200m 떨어진 곳에는 파로호 전투에서 목숨을 잃은 무명의 학도 병을 추모하기 위해 1975년 화천군이 건립한 '자유수호탑'이 있다.

파로호를 보면서 관불현에 대해 생각해보았으나 도무지 해답이 보이질 않는다. 반대편을 바라보니 4월달인데도 하얀 눈으로 덮힌 화악산이 보인다.

화천군은 한강의 최상류 지역으로 지금은 댐들로 인해 물길이 막 혀 사라져 버렸지만, 고려시대 때부터 수운이 발달해 멀리 인천서부

대리진 뱃터

터 소금배가 다니던 남강나루라는 나루터가 있었다. 현재 화천의 쪽배축제
는 잊혀진 선조들의 한과 마음이 담긴 소금 배를 현대적인 감각과 쪽배라는
동화적인 이미지를 통해 부활시킴으로써 현대인들에게 선조들의 마음을
친숙하게 전하고 함께 즐기기 위해 시작되었다고 한다. 화천은 지금 쪽배축
제를 통해 다시 한 번 예전의 명성을 찾으려고 변화 중이다.

조선 중기 때의 문인 허적은 『수색집(水色集)』에 「대리진을 건너며」라는
시를 남긴다.

대리진 강가의 한 척 배　大利江邊一業舟
가을바람 노를 움직여 가운데로 가게 하네　秋風移櫂泛中流
푸른 산 양쪽 언덕에 아침 안개 걷히고　青山兩岸晚霞捲
긴 강가의 푸른 나무에 아침 해가 뜨는구나　綠樹長洲朝日浮
튼튼하니 어찌 멀리 건너는 걸 싫어하리　濟勝寧須厭遠涉
나루를 물으니 무턱대고 찾는 걸 안 할 수 있네　問津庶可窮冥搜
여기부터 차츰 현진경(玄眞境)으로 들어가니　從玆漸入玄眞境
만폭동과 명연(鳴淵) 길은 더욱더 그윽하네　萬瀑鳴淵路轉幽

몇 달 동안 나를 괴롭힌 것은 관불현이다. 만나는 사람마다 물어보아도
생소한 지명이라 모르겠다는 대답만이 돌아올 뿐이다. 화천 파로호 주변의
지명을 자세히 검토하다가 동촌리의 옛 이름이 관부리라는 것을 알게 되었
다. 관부리에 대해 조사해보았지만 더 이상의 진도가 나가질 않았다. 파로
호가 생기기 전의 지도를 수소문 끝에 찾아볼 수 있었다. 일제강점기 때 만
들어진 지도는 파로호가 생기기 전의 모습을 보여준다. 구만리고개를 넘어
서 강을 따라 올라가다보면 강 건너 커다란 마을이 있는데 동촌리라고 표

기되어 있고 괄호 안에 '관불(觀佛)'로 표기 되어 있다. 드디어 찾았다는 기쁨도 잠시 주변을 아무리 찾아봐도 관불현은 보이질 않는다. 동촌리와 방천리 사이에 있는 고개를 찾아보니 병풍산과 구봉산 사이에 있는 '신내고개'가 유일하다. 문화원에 들어가 확인해보니 둔전에서 신내로 가는 고개라고 알려준다. 조선시대의 지도를 보아도 신내고개의 위치에 관불현이 표기되어 있는 것 같았다. 처음에는 관불현이었다가 신내(신천) 마을이 커지면서 이름이 바뀌었을 거라고 추측을 하고 간동면 오음리를 경유하여 마을을 찾아갔다. 그러나 이미 수몰되면서 대부분의 사람들은 떠나고 낚시터와 몇 채의 집만 남아있다. 그나마 낚시철이 아니라서 그런지 주인은 출타 중이고 끈풀린 강아지 세 마리가 졸졸 좇아온다. 길 건너편으로 도로가 보여 무작정 따라가니 '한국수달연구센터'에서 길이 사라진다. 다시 방천리로 돌아와 물어보니 '갓골'에 가면 방천리의 지명에 대해 잘 알 수 있을 거라고 한다.

갓골로 들어가면서 반신반의했다. 이러한 골짜기에 사람이 살고 있을까? 한참 들어가니 좁은 골짜기가 조금씩 넓어지더니 여기저기 언덕에 집이 자리하고 있다. 아저씨는 출타 중이시고 아주머니께서 커피를 끓여 주신다. 한참 후에 면사무소에 가셨던 아저씨께서 오셨다. 방천리에 나루가 있어 소금배가 자주 드나들었고, 수달연구소에서 신내로 넘어가는 고개가 있었으나, 지금은 다니질 않는다고 하신다. 그렇다면 관불현은 지금의 '구만리고개'를 가리키는 것 같다. 관불현을 넘은 후 강을 따라가는 김수증의 눈에 비친 강물 북쪽의 집들은 지금의 동촌리를 가리킨다고 볼 수밖에 없다.

관불현을 넘으면 방천리이다. 방천역은 현의 동쪽 42리에 있다고 하니 현재의 방천1리에서 호수 쪽으로 더 가야한다. 본래 화천군 동면 지역으로서 큰 시내가 흐르고 있어서 방천이라 하였다. 이 마을은 1940년대 이전에는 무척 큰 마을이었다. 화천댐 건설로 마을의 대부분이 물에 잠기어 주민들은 다른 곳으로 이주하고, 남은 주민들은 산비탈과 골짜기에 마을을 이루어 다시 방천리라 부른다. 화천에 대한 설명은 많은 부분이 화천댐과 관련을 갖고 있다. 화천댐의 건설로 인해 북한강가의 많은 마을들은 옛 기억만 남긴 채 사라져버렸다. 마을만 사라진 것이 아니다. 마을과 마을을 이어주던 길도 파로호로 인해 사라지고 도면을 통해서만 확인할 수 있을 뿐이다. 옛 지도를 보면 화천에서 양구를 갈 때 동쪽으로 관불현을 지나 방천역을 지나는 도로는 사명산(四明山)을 지나 양구현으로 연결된다.

방천1리

성현(成俔)은 『허백당시집(虛白堂詩集)』에 「방천역 정자에서 쉬다」란 시를 지었다.

골이 깊으니 마을도 적고　谷邃村墟少
길은 긴데 옆은 울창한 숲　途長傍茂林
돌 여울엔 흐르는 물 빠르고　石灘流水駛
소나무 산엔 저물녘 구름이 짙구나　松嶠暮雲深
고요히 산 앞에 내리는 비 마주하고　靜對山前雨
근심스레 버드나무 새소리 듣네　愁聞柳外禽
나그네 길에 무슨 즐거움 있겠나　客中何所樂
단지 머리카락만 세는구나　只益雪毛侵

파로호에 잠긴 옛길을 따라 가다

강을 따라 가다가 하나의 잔도를 지났다. 동쪽으로 10여리를 가서 서사애(西四涯)에 이르자 나무로 된 길이 끝났다. 이곳은 두 개의 물이 합쳐지는 곳이다. 왼쪽은 황벽동(黃蘗洞)의 하류이고, 오른쪽은 민폭동(萬瀑洞)에서 발원한 물이나. 왼쪽을 선택하지 않고 오른쪽 물길을 따라갔다. 잔도 하나를 지난 후 오던 물길을 버리고 오른쪽의 하천을 선택하였다. 이 하천은 양구현 북쪽에서 흘러오는 물이다. 물가에 나무 그늘이 있는데 나뭇가지가 하늘거려서 앉을만했다. 잠시 쉬었다가 출발했다. 또 두 개의 잔도를 지나 함춘역(咸春驛)에 도착하여 역리(驛吏) 이기선(李起善)의 집에서 묵었다. 이날은 80리를 걸었다.

강을 따라 더 올라가다보면 두 강이 만난다. 예전에는 양구쪽의 서호리와 화천쪽의 방현리가 있었고 그 사이에 삼각주가 있었다. 서사애(西四涯)는 이곳을 말하는 것 같다. 그러나 물속에 잠긴지 오래되고 이곳을 증언해주는 사람을 만날 수도 없다. 예전의 수많은 사람들이 오고가며 만들었던 이야기를 말없는 파로호는 언제 들려줄 것인가?

북쪽에서 내려오는 물줄기와 양구에서 오는 물줄기가 합쳐지는 곳에서 김수증은 양구쪽으로 향한다. 한참을 가던 그는 방산에서 흐르는 물과 양구에서 내려오던 물이 만나는 곳에서 다시 양구쪽으로 향한다.

함춘역은 양구읍 하리의 가장 북쪽에 있는 마을이다. 조선시대에 함춘역이 있었다. 1914년 행정구역 폐합 때 함춘리가 되었다가, 1937년에 하리에 편입되었다. 여름에 양구에 간 적이 있었다. 우연히 양구선사박물관을 들를 기회가 있었는데, 박물관 안에 있는 함춘주막에서 막걸리 한 잔을 걸치며 이름이 독특하다고 여겼었다. 지금에서야 함춘역과 함춘주막이 연결되고 나니, 이것도 인연이라는 생각이 든다. 나중에 다시 양구를 방문했다. 함춘역의 위치에 대하여 박물관장님이 자세하게 설명해주신다. 유적은 없지만 강원외국어고등학교와 양구선사박물관이 자리한 곳에 함춘역이 있었을 거라고 한다. 함춘주막에 들러 물어보니 이 마을의 이름이 함춘리라고 하신다.

양구에 오니 '양구에 오면 10년이 젊어진다'는 구호가 여기저기에 보인다. 이유를 알아보니 양구는 UN이 정한 웰빙건강도시로 대기오염농도가 가장 적어 청정 자연공기를 흡입하면 3년, '탯줄을 통해 자양분을 공급 받는다'는 뜻에서 3년, 전통방식으로 생산하는 농산물을 먹어서 3년, 또 산책로를 따라 걷는 운동효과로 1년, 도합 10년이라고 한다. 여기에 '함춘(含春)'의 의미를 연결시켜봤다. '함춘(含春)'을 풀이하면 '봄을 머금는다'인데, 봄

파로호

함춘주막

은 청춘을 의미하니 '늘 청춘'인 곳이라는 해석도 가능할 것 같다.

긴 여정을 소화한 김수증은 양구에서 두 번째 밤을 보내게 된다. 김수증의 여행길과 같은 길을 걸었던 사람은 허목이다. 허목은 1660년 10월에 이 길을 걸었다. 그의 「삼척기행(三陟記行)」을 살펴보자.

> 16일. 바람과 추위에 고달팠다. 아침에 낭천현을 지나 늦게 대리진을 건너서 저물어서야 방천역에 들어갔다. 17일. 일찍 나서서 양구 고을의 북쪽 함춘역에 이르렀는데, 낭천에서 여기까지 내를 따라 70여 리였다. 강을 끼고 높은 산과 소나무 숲이 왕왕 있고, 흰 자갈과 잡초가 가득한 들이 있고 모래 기슭을 만나면 언덕이 있고, 개 짖고 연기 낀 마을이 있었다. 방천으로부터 10리를 가면 서사라(西思羅)란 강가의 마을이 있는데, 회양, 양구, 낭천의 경계이다. 회양의 물이 여기서 합류가 되는데, 물이 얕아지고 돌이 많아 건널 만하였다. 또 그 위의 몇 리 밖에는 방천의 물이 합류한다.

김수증이 말한 서사애(西四涯)와 허목의 서사라(西思羅)는 동일한 곳을 가리킨다. 그리고 보면 이 길은 수많은 사람들이 오고갔던 길이다. 화천과 양구를 이어주던 길은 시간이 흐르며 다른 길로 대체되었고, 파로호의 물이 깊어지면 양구까지 도달하여 물로 두 지역을 연결시켜준다.

고개 정상에서 설악산을 바라보다

5월 8일. 맑음. 잠자리에서 일어나자마자 식사를 하고 7, 8 리를 걸었다. 작은 고개를 넘고, 또 몇 리를 가서 부령(富嶺)의 계곡 입구로 들어섰다. 돌길이

라 큰 돌이 많으며 꼬불꼬불 올라가서 몇 구비인지 알 수 없다. 큰 나
무와 깊은 숲이 길 양쪽에 있어 해를 가린다. 고개 위에 이르러 멀리
설악산을 바라보니, 구름 속에 가려져서 환하게 볼 수 없다. 고개를 내
려가 동쪽으로 갔다. 몇 리 가지 않아 산골짜기가 나왔다. 나무 그늘
속에서 꾸불꾸불 가다가, 반정(半程) 마을을 지나는데, 마을은 물에
가까이 있다. 앉을만한 곳을 찾아 말을 쉬게 하면서 식사를 한 후, 한
숨 자다가 출발했다.

함춘역에서 하루를 쉰 김수증은 일찌감치 아침을 먹고 출발한다.
죽곡리를 거쳐 광치령으로 향한 것 같다. 부령(富嶺)으로 표시하고
있는데 아무리 찾아봐도 찾을 수 없다. 광치령의 다른 이름인 것 같
다. 광치령은 양구의 가오작리와 인제의 가아리를 잇는 고개이다.

광치령

터널이 뚫리기 전엔 해발 800m를 자랑했으나 지금은 500m 정도다. 예전에는 험한 고갯길이었으나 지금은 터널과 국도가 개통되어 순식간에 이동할 수 있다. 지금은 광치자연휴양림 위쪽에서 옛 길을 따라 1시간반가량 올라가야 예전의 광치령을 만날 수 있다. 양구에서 군대생활을 했던 친구는 행군할 때 광치령에서 고생했던 일을 아직도 반복하고 있다.

김수증보다 먼저 걷고 기록으로 남긴 허목의 「삼척기행」을 잠시 읽어본다.

함춘역에서 20여 리를 가서 개흉령(開胸嶺)에 오르니, 산이 깊고 길이 험하였다. 고개를 넘자, 산중에 흙은 많고 돌은 적으며, 산에 나무가 없는 편이라 높은 땅은 화전을 일구어 경작할 수 있고, 낮은 땅은 씨 뿌릴 만하였다. 초가집이 산골짜기를 의지하여 대여섯 채 있고, 고개 사이에 트인 땅이 적어 해가 항상 늦게 뜨고, 해가 지면 항상 어두컴컴하여, 산골짜기에는 음기가 엉기었다. 고개에 오르면 먼 봉우리와 넓은 냇물과 지는 해를 볼 수 있으니, 고개가 이 '개흉(開胸)'이라는 이름을 얻은 것이 이 때문이 아니겠는가. 고개 아래 긴 골짜기에는 모두 높은 바위 큰 돌이 있고, 개울이 돌아 흐른다. 30여 리를 가는데 돌다리가 12개다.

김수증의 부령(富嶺)과 허목의 개흉령(開胸嶺)이 동일한 고개를 가리키는지 확실하지 않다. 그러나 정황상 광치령을 가리킨다고 볼 수밖에 없다. 허목은 화전민들이 살던 가아리의 모습을 보여준다. 궁벽한 마을이었던 가아리는 이제 산촌생태마을로 새롭게 탈바꿈하고 있다.

광치령 정상에서 동쪽을 보면 설악산의 능선들이 저 멀리 보인다. 고개 정상부터 동쪽으론 인제군 가아리다. 대암산 줄기에 자리 잡은 가아리는 전

가아리

형적인 산골 마을의 모습이다. 마을 형태가 긴 개미굴처럼 생겨서 '개면' 또는 '개머니'라고 불리다가 '가아리'로 행정구역이 개편되었다.

길을 따라 내려가면 '반장'이란 곳이 나온다. 반정(半程)이라고도 부른다. 윗마을과 아랫마을 사이의 반이 되는 곳에 있는 마을이어서 반장이다. 고개에서 한참을 내려가다 휴게소에 들러 반장이란 곳을 물으니 서울서 내려온 지 얼마 되지 않았다고 고개를 저으신다. 조금 내려가면 마을회관이 있으니 거기서 물어보란다. 조금 내려가니 왼쪽으로 '개미산골 마을'이라 써놓은 나무 뒤로 양지바른 곳에 커다란 나무가 서 있다. 그 뒤로 여러 대의 차가 주차되어 있는 기와집이 보인다. 인기척을 내도 반응이 없어 들어가 보니 농한기를 이용하여 열심히 놀이를 하고 계신다. 마침 밖으로 나오시는 어르신께 물어보니 반장이 바로 이 마을이라고 하신다. 막걸리를 한 잔 권하기기에 사양을 하니 손님에게 대접을 못했다고 못내 아쉬워하신다.

김시보(金時保, 1658~1734)는 「광치 가는 길에」라는 시를 지었다.

계곡 끝나자 산이 다투어 나타나고　峽斷山爭出
숲 만나는 곳에 길은 기울었네　林交徑自斜
수없이 돌며 계곡을 건너니　千回渡溪水
한참 만에 인가가 보이네　百里見人家
오래된 단풍나무 돌에 기대고　楓老多依石
밝은 마을엔 반쯤 물든 노을　村明半暎霞
혜련(惠連)은 나보다 먼저 지나가　惠連先我過
몇 곳에다 후손을 뿌려놓았네　幾處散天葩

김수증(1624~1701)의 생몰 연대와 비교했을 때 큰 차이가 없다. 주변의 경관에 대해 묘사를 한 것을 보면 김수증뿐만 아니라 허목과 김시보도 광치령을 넘은 것으로 보인다. 「설악왕환일기(雪嶽往還日記)」를 보면 이복원(李福源, 1719~1792)은 가음령(加音嶺)을 넘어 양구현의 하동촌(下東村)에서 말을 먹였다는 기록이 보이는데, 가음령도 광치령으로 보인다.

지금까지 등장한 고개의 이름은 부령을 제외하고 개흉령, 가음령, 광치, 광치령 등은 음의 유사성을 보인다. 이 명칭들의 유래는 '개면' 또는 '개머니'로 불리던 마을의 이름을 제각각 들리는 대로 적다보니 조금씩 차이가 있었을 것이다.

교탄을 건너다

산은 둘러싸고 물은 구비치며 흐른다. 한 구비를 지나면 또 한 구비다. 이런 길이 30리이다. 교탄(交灘)을 건너는데, 이곳은 서화(瑞和)의 하류이다. 깨끗하고 넓어서 좋기는 하나, 여울물이 깊고 급하게 흘러내려 비가 조금 와도 여행객은 오고가지 못한다. 물가를 따라 동쪽으로 가나가, 남쪽으로 시내 위를 건너지른 긴 다리를 바라보았다. 이 다리는 인제현(麟蹄縣)으로 가는 길이다.

반장에서 출발하여 개울을 따라 내려가니 가아리가 끝나는 곳에 조형물이 설치되어 있다. 마을 형태가 긴 개미굴처럼 생긴 반정마을은 '개미산골'이라고 표시해놓고 있듯이 가아리를 상징하는 것은 '개미'이다. 조형물은 다양한 개미들로 구성되어 있다. 그리고 보니 가

가아리 입구 조형물

아리 일대는 개미를 그려놓은 그림을 쉽게 볼 수 있다.

마을 주민께 부근에 여울이 있는가를 물으니 펜션 부근에서 서호 아파트 쪽으로 바지를 걷고 건너곤 했었노라고 말씀해주신다. 가아리에서 흐르는 물과 인제 서하에서 흘러오는 물이 만나는 곳에서 상류 쪽으로 조금 올라가니 펜션이 보인다. 건너편으로 서호아파트가 있다. 그런데 여울은 볼 수 없고 물은 흐르는 것을 잊은 채 멈추어 있다. 하류에 있는 다리 밑에 보를 설치해서 호수처럼 변해 물에 잠겨버렸다.

가아리가 끝나는 지점은 원통리가 시작되는 곳이다. 그곳은 인제 서화에서 발원한 물이 고단한 여정의 짐을 풀고 잠시 쉬는 곳이기도 하다. 소양강은 인제군 서화면 북쪽 무산(巫山)에서 발원한다고 하는데, 바로 이 물이 소양강의 지류인 것이다. 김수증은 이 여울을 건너 원통으로 향하였다.

운흥사에서 머물다

원통역(圓通驛)에 이르러 역졸(驛卒) 박승률(朴承律)의 집에서 잠시 쉬었다. 5리를 가면서 큰 개울을 세 번 건넜다. 이곳은 남교역(藍橋驛)의 하류다. 고원통(古圓通)을 지나 한계사(寒溪寺) 있는 곳으로 들어섰다. 모래 길에 소나무 숲이라, 풍악산(楓嶽山) 장안동(長安洞) 입구와 비슷하다. 여러 차례 개울물을 건너자 북쪽에 골짜기가 있다. 비스듬히 꺾어지면서 가자 절에 도착했다. 절이 있는 곳은 둘러 싸여 있어 볼만한 곳이 없다. 그러나 뒤편에 있는 산봉우리는 깊고 아득하여 멀리서 볼만하다. 좌우에 있는 승방(僧房)은 새로 지은 판자집이고 법당은 이제 막 차례대로 짓고 있다. 스님들 10여명이 바쁘게 일을 하느라 겨를이 없었기 때문에 이야기를 나눌 사람이 없었다. 동쪽 요사채에서 잤다. 이날은 80리를 갔다.

원통리에 원통역이 있었다. 부림(富林)이라 부르기도 했다. '인제 가면 언제 오나 원통해서 못 살겠네'라고 하던 그 마을이다. 남교역은 남교리에 있던 역이다. 현재 남교 마을은 대승령으로 오르는 십이선녀탕 골짜기의 들목이다. 한계령으로 향하는 길목에 있지 않고 한계리에서 용대리 쪽으로 가다가 터널을 지나면 만날 수 있다. 고원통(古元通)은 현재 한계초등학교가 있는 마을이다. 여기서 한계령으로 가는 길과 미시령으로 가는 길이 갈라진다.

고원통을 지나 한계사 쪽으로 발길을 재촉하는 김수증은 지금의 한계령으로 가는 길을 따라간다. 한계령으로 향하다가 한계1교 앞에서 왼쪽 골짜기로 들어간다. 이곳은 조선 중기에 설치된 황장금표와 운흥사지가 있는 곳이다. 골짜기는 치마골 또는 큰절골이라 불린다. 운흥사터를 찾아 산길로 올랐다. 경사가 급한 산길을 오르다가 머리를 드니 멀리 예사롭지 않은 산이 보인다. 안산이다. 계곡 이름이 치마골인 이유는 치마바위 때문이다. 치마바위가 어디 있냐고 물어보니 불쑥 삐져나온 바위봉우리가 치마바위라고 하신다. 고양이바위라고도 부른단다. 집을 지나자 특수작물을 재배하기 때문에 출입을 금한다는 경고표시가 있다. 주변은 감시용 전선이 길게 설치되어 있다. 멧돼지, 고라니 들이 농작물을 해쳐서 설치했다고 한다. 오솔길 주변은 오랫동안 치마골을 지켜온 고목들이 즐비하다. 지난 겨울 폭설 때문에 길게 누운 소나무들이 가끔 보인다. 길을 따라 무작정 가다보니 길이 사라지면서 밭이 나타난다. 절터임을 알려주는 흔적을 찾기 어려웠다. 눈에 덮힌 주변은 평범한 산골의 모습이다. 다만 석축이 절터였음을 알려줄 뿐이다. 눈에 빠지면서 한참을 돌아다녔으나 불좌대 등 석물들은 찾지 못하고 철수해야만 했다.

처음 답사 때는 김수증의 남긴 「한계산기」만을 들고 왔다. 초행길이라 지형이 낯선데다가 눈이 쌓인 1월이라 제대로 운흥사터를 찾기 어려웠다. 정강이까지 빠지는 눈 속을 걷느라 고생은 고생대로 하면서 황장금표와 불좌대 등을 찾을 수 없었다.

눈이 녹은 4월 달의 세 번째 답사 때 황장금표를 찾을 수 있었다. 석축 위쪽 큼직한 돌에 새겨진 글귀는 황장목 소나무의 벌목을 금한다는 내용이다. 절터도 이제야 자신의 모습을 보여준다. 황장금표가 새겨진 석축 앞에 아무렇게 누워있는 유적들은 이곳이 운흥사(雲興寺)터임을 알려주지만 씁쓸해진다. 문화유산들을 방치하는 것은 자신의 과거를 부정하는 것과 마찬가지이다. 지방자치단체들의 소모성 축제로 외부 관광객을 끌어들이는 것도 중

황장금표

운흥사지

요하겠지만, 지역의 문화를 활용하는 것은 경제를 우선시하는 요즘 세대에 훨씬 더 경제적일 것이다.

한계사가 불에 타자 한계리 쪽으로 내려와 절을 새로 짓기 시작하였고, 한창 불사 중일 때 김수증이 이 절을 방문하고 하룻밤을 잤다. 김수증의 기록에 의하면 한계사는 김수증이 방문하기 일 년 전에 화재를 만나 석불 3구는 깨어진 기와 조각과 잿더미 속에서 타서 훼손되었고, 석탑만이 뜰 한 모퉁이에 서 있었다고 한다. 김수증이 한계산을 방문한 해는 신미년(辛未年)인 1691년 5월이었다.

김창협의 「동정기」도 이를 뒷받침한다.

> 28일 오후에 한계를 향해 출발하여 5리를 가서 합강정(合江亭)에 올랐다. 두 줄기 물이 앞에서 합쳐지고 흰모래와 맑은 여울이 깨끗하고 호젓하다. 덕산령(德山嶺)을 넘어 수백 보나 되는 잔도를 따라 걸어갔다. 10리만에 원통역이 나타났는데, 큰 소나무들 사이를 계속 걷노라니 수목의 끝을 따라 은은히 보이는 몇몇 봉우리들이 마치 눈에 덮인 것 같아 기분을 들뜨게 하였다. 15리를 가서 절에 이르러 묵었다. 절이 전에는 폭포 밑에 있었는데 경오년(1690)에 불타서 옮겨 세웠으며, 그 후 얼마 지나지 않아 또 불이 나 임시로 대강 얽어 놓은 상태이고, 미처 다시 세우지 못하였다.

「심원사사적기」에 의하면 운흥사는 1704년 화재를 당해 백담계곡으로 옮기게 된다. 그곳에 절을 새로 세우고 심원사(深院寺)라고 하였다.

하얀 백련봉과 붉은 채하봉

5월 9일. 맑음. 아침 식사 후 남쪽으로 향하다가 계곡 어귀로 나왔다. 시내를 따라 동쪽으로 가다 소개촌(小開村)을 지났다. 빽빽한 소나무 숲을 지나면서 북쪽으로 여러 봉우리들을 바라보니 보이는 것마다 괴이한데, 그 중 한 봉우리는 특별히 곧게 빼어나며 하얗고 선명하다. 그래서 백련봉(白蓮峰)이라 이름 붙였다. 또 붉은 표지를 세운 것 같이 하늘로 솟은 붉은 산을 가리켜 채하봉(彩霞峰)이라 하였다. 동행하던 절의 스님을 돌아보며 당신들은 잊지 말고 알고 있으라고 하였나.

아침을 먹은 김수증은 어제 왔던 길을 따라 다시 큰 길로 향한다. 길과 시내는 나란하다. 큰 길을 따라 조금 올라가니 다리가 나온다. 동쪽으로 향하던 김수증은 소개촌(小開村)을 지나게 된다. 소개촌은 치마골 맞은편의 '쇠리'를 가리킨다. '쇠리교' 건너편에 현대식으로 단장한 집들이 듬성듬성 자리 잡고 있는 마을이다. 대부분 민박을 운영하고 있다. 쇠리는 쇠발골 밑에 있는 마을이란 뜻이며, 쇠발골은 쇠리 위에 있는 골짜기로 개울 바위에 소발자국이 새겨져 있어서 우족곡(牛足谷)이라고도 부른다.

발걸음을 옮기던 김수증의 눈길은 북쪽으로 향한다. 눈에 보이는 산봉우리들이 제각기 자신만의 아름다움을 지니고 있지만 두드러진 봉우리가 눈에 들어온다. 하얀색으로 선명하게 빼어난 봉우리를 '백련봉'이라 이름을 붙여주었다. 붉게 솟은 산을 '채하봉'이라 하였다. 지도를 찾아봐도 백련봉과 채하봉은 찾을 수 없다. 소

안산

개촌을 지나면서 김수증이 묘사한 산봉우리를 찾으니 바로 '안산'을 묘사한 것이다.

안산의 높이는 1,430m이다. 바위로 이루어진 봉우리로 원통 쪽에서 바라보면 산 모양이 말안장을 닮았다고 하여 길마산이라고도 한다. 설악산 중청봉으로부터 이어지는 18km 길이의 서북 능선 서쪽 끝에 자리 잡고 있다. 설악산에서 가장 내륙쪽에 위치한 봉우리여서 원통 쪽에서 볼 때 설악산의 첫봉우리에 해당된다. 안산의 좌우로 옥녀탕계곡과 12선녀탕계곡이 있다. 정상의 전망이 매우 좋으며 산행을 하면서 능선과 암봉, 계곡과 폭포의 조화를 즐길 수 있다.

옥류천과 하늘벽을 보다

　4, 5리를 가니 북쪽에 작은 냇물이 꿈틀대듯 흘러오다가 5, 6길 폭포를 만든다. 위로 층진 못이 있는데 형태가 절묘하다. 벼랑을 따라 올라가 연못을 굽어보니 모양은 가마솥 같고 색깔은 검푸르다. 연못의 서쪽 암벽 위에 '옥류천(玉流泉)' 세 글자를 새겼다.

　이곳을 지나 걷다보니 오른쪽에 네 개의 바위가 있는데, 그 모양이 난새와 봉황이 높이 날아오르는 것 같다. 절벽은 만 길이나 되고 기세가 등등하며 넓이는 수 백보에 이른다. 이것은 아마 중국 사람이 기록한 '남쪽 봉우리는 절벽으로 되어 있다'는 것이리라.

　계속 이어지는 봉우리들을 감상하느라 시간이 가는 것도 다리가 아픈 줄도 모르고 걸었다. 길옆에 옥녀탕 휴게소가 보인다. 예전에 이곳에서 잠시 쉬었던 기억이 새롭다. 그러나 지금은 쓸쓸한 건물만이 옛날의 영화를 알려준다. 옥녀제1교 옆이 옥녀탕 입구이다. 옥녀폭포와 옥녀탕은 옥녀봉에서 시작되는 긴 물줄기가 흘러내려 폭포와 연못을 이룬 것인데 아름답기로 유명하다. 옥녀탕은 선녀와 관련된 전설이 있다. 한계사 뒤에 있는 대승폭포에 선녀가 내려와 목욕을 하고 있었다. 이때 지네가 선녀를 해치려고 하자 선녀는 옥녀탕으로 피신하였다. 지네는 옥녀탕으로 쫓아와 선녀를 괴롭히려고 하자 갑자기 벼락이 쳐서 지네를 죽였다고 한다.

　옥녀탕은 현재 출입금지구역이다. 2006년 수해로 많이 망가졌다고 하지만 한계령으로 가는 길목에서 아름다움과 함께 전설을 전해준다. 옥녀탕 위에는 2단 폭포가 있는데, 위로 두 번 꺾인 작은 폭포

옥녀탕

와 아래로 한 번 꺾인 긴 폭포가 있어서 아래 것을 흔히 옥녀폭이라고 부르지만, 폭포 밑의 탕이 탕수동의 여러 탕 모양과 같다고 해서 옥녀탕이라고 한다.

김수증은 옥녀탕 옆에 '옥류천'이란 글씨를 새겼다고 하지만 아무리 찾아봐도 찾을 수 없다. 항아리처럼 움푹 파인 작은 못 주변에 이곳을 찾은 사람들이 새긴 이름만이 남아 있다. 아마도 한 시간 정도 찾았던 것 같다. 폭포 주변뿐만 아니라 주변 절벽에 올라가서 이리저리 찾았지만 보이질 않는다. 이전 기록들을 보면, 바위에 새긴 글자를 본 적이 있다는 글을 자주 접할 수 있는데, 아마도 수해 때문에 묻히거나 마모된 것 같다.

항아리 모양의 탕 옆에 앉아 건너편을 바라보니 큰 글씨가 나란히 서 있다. 이노춘(李魯春), 한용겸(韓用謙), 한용함(韓用諴), 홍석필(洪奭弼), 박이효(朴履孝)란 이름이 마모되었지만 육안으로 힘들게 읽을 수 있을 정도다.

순조 즉위년인 1800년에 이노춘(李魯春)을 강원도 관찰사로 삼았다는 내용이 『조선왕조실록』에 기록되어 있다. 그의 본관은 덕수(德水), 자는 군정(君正)으로 여주 출신이다. 1779년(정조 3) 유생강제(儒生講製)에서 제거수(製居首)가 되었으며, 1780년 식년문과에 을과로 급제한 뒤 홍문관에 등용되었다. 1800년에 강원도관찰사가 되고, 1802년 실록청당상으로 『정조실록』의 편찬에 참여하였으며 대사성이 되었다. 1803년 예조참판이 되었으나 1806년 탄핵을 받고 거제부에 유배되었다. 편서로 『홍문관지(弘文館志)』가 있다.

이노춘을 찾다보니 매우 흥미로운 자료가 불쑥 나타난다. 그 유명

옥류천 바위 글씨

옥류천 하폭

한 박지원의 글이다. 박지원은 순조 즉위년인 1800년 9월에 강원도 양양 부사로 부임하였다. 그 해에 「순찰사에게 올림」이란 글을 쓴다. 이 편지는 강원 감사 이노춘에게 보낸 것이다.

부임한 지 9일 만에 앉은 자리가 따뜻해지기도 전에 금방 취리(就理)하는 일로 길을 떠났다가 10월 보름 뒤에 병을 안고 다시 왔는데, 갑자기 황장(黃腸)의 역사(役事)를 당하여 차관(差官)을 겨우 보내고 나니 세금 거두는 일이 시급했고, 환곡 받아들이는 일이 겨우 끝나자 모디시 진영(鎭營)에 죄를 지어 날마다 머리를 쓰이고 있습니다.

가만히 헤아려 보면 관(官)에 있은 지 50일이 채 못 되는데, 온갖 사무가 바빠서 두서를 정하지 못한 상황이며, 진영 장교의 목근적간(木根摘奸; 산림의 도벌 여부를 현지에 가서 조사하던 일)은 간교하기가 이루 헤아릴 수 없어, 촌민들이 겁을 먹고 올린 소장(訴狀)이 날마다 다시 관청의 뜰에 가득합니다. 진영에서는 아무렇게나 쓴 힐책하는 관문(關文)을 보내 단속을 너무 준엄하게 합니다. 어부 한 사람이 배를 고친 일로 인해 좋지 못한 말이 전관(前官)에게까지 파급되도록 하였으니, 제 마음에 미안함이 응당 또 어떠하겠습니까. (중략)

이에 앞서 순영(巡營)에서 긴사한 사이들이 모이드는 폐단을 염려하여 각 고을에 특별히 관문을 보내어 엄하게 경계한 것이 한두 번이 아니었으니, 어찌 유독 양양(襄陽) 일대에만 특별히 진영으로 하여금 따로 목근적간을 하게 했겠습니까. 그런데 지금 진영의 장교들이 재삼 와서는, 봉산(封山)의 금표(禁標) 안과 밖을 구분하지 않고 나무뿌리가 크고 작은 것을 막론하고 많이만 적발하기 위하여 보이는 족족 기록하기 때문에, 산 아래 사는 백성과 다 쓰러져가는 절의 중들이 모두 놀라 도망할 것만 생각하고 있습니다. (하략)

연암 박지원에게 황장목에 관련된 일들의 처리는 쉽지 않았던 것 같다. 당시 황장목을 도벌하는 것을 조사한다는 명목으로 백성들이 고통을 받았음을 알려주는 자료다.

황장목에 얽힌 박지원의 일화 하나를 소개한다. 양양에는 벌목을 금하는 황장목 숲이 퍽 많았다. 매번 조정에서는 감독관을 파견해 황장목을 베게 했는데 양양부사에게는 으레 사사로운 이익이 많이 떨어졌다. 비록 청렴한 수령이라 할지라도 황장목을 남겨 훗날 자신의 장례 때 쓰게 하려 했다. 아버지가 양양에 부임하시자 친지들은 황장목 이야기를 자주 했다. 그러나 아버지는 이를 듣고도 못 들은 척하셨다. 우리들에게는 이렇게 말씀하셨다.

"너희가 내 본심을 아느냐? 상고시대에는 얇은 관으로 검소하게 장례를 치렀다. 너희가 혹 사람들이 하는 말을 듣고서 후일 나의 장례 때 황장목을 쓸 생각을 한다면 이는 내 뜻을 크게 거스르는 일이다. 황장목으로 나의 관을 짜는 일도 옳지 않다고 여기고 있거늘, 직위를 이용해 이익을 얻는 일이야 말해 무엇 하겠느냐!"

황장목은 감독관의 입회하에 벌목되어 대궐에 진상되었다. 그러나 진상하고 남은 널빤지들이 온 고을에 낭자했다. 아전들이 이 사실을 보고하자, 아버지는 아무아무 곳 시냇가에 옮겨놓으라고 하셨다. 모두들 그 영문을 몰랐다. 아버지는 며칠 후 몸소 그 시냇가에 가서서 말씀하셨다.

"여기에 다리가 없어 사람들이 다니는 데 괴로워한다. 이 나무로 다리를 놓으면 몇 년은 편리하게 지낼 수 있을 게다."

그리하여 널빤지를 깔아 다리를 설치하였다. 그 후 아버지께서 돌아가셨을 때 유언에 따라 해송으로 만든 널빤지를 썼다. 그걸 보고 경탄하지 않는 이가 없었다. (『나의 아버지 박지원』 중에서)

한용겸(韓用謙, 1764~?)은 정조 19년인 1795년에 식년시 진사에 합격한다. 그 후 1799년 12월에 궁중의 제사에 쓸 가축을 기르는 일을 맡아보던 관청인 전생서(典牲署) 판관으로 있다가 인제로 발령받았다. 그는 1802년 7월에 간성 군수로 발령받아 떠난다.

한용함(韓用誠, 1772~?)은 정조 19년인 1795년에 식년시 생원에 합격한다. 바로 옆에 새겨진 한용겸이 그의 형이다.

다섯 사람 이름 위에 희미한 글씨가 보인다. 물을 뿌려보니 조금 더 선명하게 보인다. 처음엔 맨 뒤 글자인 '천(泉)'을 보고 환호성을 질렀다. 김수증이 새긴 옥류천인 줄 알았기 때문이다. 그런데 앞 부분에 전혀 다른 글자가 보인다. 양회천(梁會泉)이다.

낙심해서 털썩 주저앉아 있는데 발 밑에 글씨가 보이는 것이 아닌가! 패인 획에 이끼가 끼어있어 더 고졸한 멋을 풍기는 글씨체다. 이건(李鍵)과 박진유(朴晉裕)다. 이건(李鍵)은 1624년 정시문과(庭試文科)에 병과(丙科)로 급제하고 편서를 거쳐 우의정에 이르렀던 사람일까? 나란히 정답게 이름이 새겨진 걸로 보아 동행했을 터인데 알 수 없다. 그러나 조그마한 글씨체로 보아 그분들의 품성을 짐작할 수 있다.

옥녀탕에서 큰 길로 내려와 다시 걷는다. 걷다가 옥녀2교와 장수1교 사이에서 남쪽을 바라보면 작은 봉우리들이 우뚝 서 있다. 김수증이 말한 '오른쪽에 있는 네 개의 바위'다. 김수증은 이 바위를 난새와

하늘벽

봉황이 높이 날아오르는 형상이라고 하였다. 길 가까운 곳에 우뚝 서 있는 바위를 날아가는 새에 비유한 상상력이 놀랍다. 새라고 생각하고 바라보니 진짜 커다란 새 같다.

장수2교에서 오른쪽을 보면 물이 흐르는 계곡 위로 절벽이 나타난다. 김수증이 말한 '만 길이나 되는 절벽'이다. 이른바 '하늘벽'이다. 다리 옆 공간에 하늘벽이라 새긴 돌이 세워져있다. 하늘벽은 옥녀탕과 장수대 사이에 있는 거대한 바위 절벽이다. 커다란 바위가 깎아지른 듯이 낭떠러지를 이루면서 병풍처럼 펼쳐져 있는 모양이 '하늘을 지붕 삼아 벽을 세운 것처럼 보인다'는 뜻에서 지금의 명칭으로 바뀌었다.

진목전에서 비박을 하다

잠시 뒤 한계사(寒溪寺) 옛터를 지나니 북쪽의 여러 산봉우리들은 우뚝 솟아 촘촘히 늘어섰다. 위풍이 있어 외경(畏敬)스럽다. 남쪽에 있는 가리봉(加里峯)은 기이하게 빼어나며 우뚝 솟아 하늘을 괴고 있다. 좌우를 둘러보니 놀라게 하고 넋을 흔든다.

10리를 가서 진목전(眞木田)에 이르렀다. 형세를 둘러보니 모이고 겹친 봉우리들이 뒤까지 건너질러 뻗으면서 특이한 모양과 기이한 형태를 하고 있다. 높은 곳은 눈처럼 빛난다. 흙으로 된 묏등은 세 갈래다. 북쪽에서부터 구불구불 기어오는데, 거의 수백 보나 수천 보쯤 된다. 가운데 갈래는 우뚝 솟아 있고, 좌우의 두 묏등은 부축하며 끼고 있는 형세다. 앞산은 그다지 높지 않다. 초목이 무성하여 푸르며 북쪽을 등지고 남쪽을 바라보니 해와 달이 밝게 비춰서, 그 안에 집을 지을 만하다. 언덕 아래와 위의 땅들은 비옥하여 농사지을 곳이 많다. 살펴본 후 일어나 수백보 가서 시냇가 돌 위에 이르러 점심을 먹었다. 지나는 스님을 만나 어디로 가느냐고 물으니, 오색령(五色嶺)을 지나서 양양(襄陽)으로 가는 길인데, 이곳에서 바닷가까지는 80리 길이라고 한다. 돌아가는 길을 찾아 대승암(大乘菴)을 방문하려고 했지만 피곤이 심하여 일어날 수 없었다. 정금(丁金)의 초가집에서 자기로 하였다. (정금은 조카 김창협의 농노로 금년 봄에 소를 끌고 와서 이곳에 머물고 있었다.) 집은 서까래뿐이고 이엉덮개는 없다. 철노(鐵奴)에게 나무껍질을 벗기어 간단히 위를 덮고, 밑에는 풀을 깔게 했다. 이곳에서 밤을 보내는데 별빛과 달빛이 지붕을 뚫고 비추며, 바람과 이슬이 몸에 가득하니 추워서 잠을 이룰 수가 없었다. 이날은 20여리를 걸었다.

하늘벽을 지나 한계령을 향해 출발한다. 도중에 장수대 휴게소가 맞이한다. 장수대는 옥녀탕과 하늘벽을 지나 대승령 등산로의 기점 부근에 있다. 장수대라는 명칭은 1959년 인제군에 주둔한 국군 제3군단 군단장이 6·25전쟁 중 설악산전투에서 산화한 장병들의 넋을 달래기 위하여 이 산장을 세운 뒤 명명한 것이라고 알려져 있다. 길옆엔 설악산국립공원 장수대분소가 있으며, 대승폭포까지는 약 40분이 소요된다.

이 부근에 한계사지가 있으나, 김수증은 일단 내일 찾을 것을 기약하고 발걸음을 재촉한다. 장수대 휴게소 앞에 웅장하게 버티고 서 있는 주걱봉이 보인다. 멀리서 보면 주걱처럼 생겼다고 해 이름 붙여진 이름이다. 주걱봉 옆의 가리봉은 인제군의 인제면 가리산리와 북면 한계리 경계에 있는 산으로 해발 1,519m의 높은 봉우리다.

가리봉

상투바위

주걱봉

　다시 한계령 쪽으로 길을 나선다. 김수증이 말한 진목전은 어디를 가리키는 것일까? 자양2교와 동물이동통로가 있는 부근은 재량밭이라 불리는 너른 평지다. 펜스를 넘어 들어가 보니 밭 모양의 땅이 넓게 펼쳐져 있다. 이 근처에 화전민이 많이 살았다고 하였는데, 도처에서 화전밭의 형태와 집터가 보인다.

　김수증이 말한 진목전에서 진목(眞木)은 참나무를 뜻한다. 그러므로 진목전은 참나무밭이다. 참나무 열매인 도토리의 강원도 사투리가 바로 재량이다. 그래서 재량밭으로 부르고 있다. 김창흡의 농노인 정금(丁金)이 이곳에서 농사를 짓고 살았다. 김창흡도 이곳에서 한동안 머물렀던 것 같다. 김수증은 「유곡연기」에서 이렇게 말한다.

기미년(己未:1679)에 내가 곡운에 있을 때, 막내아들 창직(昌直)이 하인 한 명을 데리고 양양 신흥사에서 험한 길을 힘들게 걸어 깊이 들어갔다. (중략) 그 후에 조카 창흡이 한계의 제일 깊은 곳에 살았다. 신미년(辛未:1691) 5월에 창흡과 함께 유람하며 움집에서 하룻밤을 지냈다. (중략) 병자년(丙子:1696)에 아들 창국이 인제현을 다스렸는데, 한계산과 설악산은 인제의 경계에 있다. 나는 일 때문에 다시 인제현 관아에 도착했는데 급박한 일과 비와 눈이 내려서 또 가보질 못하였고, 조카 창흡의 한계의 거처에 가보지도 못했는데 끝났다. 또 창흡은 백연동구(百淵洞口)에 판자집을 짓고 오가며 유람하고 감상하였는데, 나에게 그곳의 뛰어난 경치를 자세하게 이야기해줬다. 나는 나이가 들었으나 매번 그 안을 한번 들어가 보지 못한 것을 한스럽게 여겼다.

　　김창흡은 백담계곡과 인연을 맺기 전에 한계령과 먼저 인연을 맺었다. 이인엽(李寅燁, 1656~1710)은 『회와시고(晦窩詩稿)』에서 「한계에서 은사 김창흡 선생을 방문했으나 만나지 못했다」란 시도 김창흡이 한계령과 인연을 맺고 있었다는 것을 알려주는 자료이다.

골짜기 아득하여 끝이 없는데　厓谷窅無極
숲 사이에서 방황한다　盤桓叢薄間
상산에 은거한 이 오래도록 생각하여　永懷商嶺隱
헛되이 염계로 기는 배 탔다가 돌아오네　空作剡舟還
달이 떠 오른 한계사　月出寒溪寺
구름 깊은 설악산　雲深雪岳山
바위틈으로 계수나무 있으니　岩阿有桂樹
다른 날 다시 오를 수 있으려나　它日倘重攀

재량밭은 김창흡의 은거지였고, 김수증이 한계산을 방문하여 1박을 하였던 곳이다. 그럼에도 불구하고 재량밭에 대해 관심이 부족한 실정이다. 김수증은 재량밭의 형세를 자세하게 묘사하고 있다. 기록을 참고하여 대략적인 위치를 짐작할 수 있으나, 울창한 숲 때문에 구체적으로 파악하기 힘들다.

작약 떨기 속의 한계사지

5월 10일. 맑음. 해가 동쪽 산봉우리에서 솟아오르자 봉우리 색깔은 더욱 밝게 드러났다. 작은 개울을 따라 북쪽으로 1리쯤 올라가니 하나의 나지막한 둔덕이 나타났다. 지세는 조금 높고 물이 합쳐지는 곳이 그윽하여 암자를 세울 만 했다.

아침 식사를 하고 나서 한계사의 옛터로 내려갔다. 절은 지난해에 재앙을 만나 석불(石佛) 3구는 깨어진 기와 조각과 잿더미 속에서 타서 훼손되었다. 오직 석탑(石塔)만이 뜰 한 모퉁이에 서 있고, 작약(芍藥) 몇 떨기가 거친 풀 속에 활짝 피어 있을 뿐이다.

마침 우연히 마을 사람을 만나 대승암(大乘菴) 가는 길을 물었더니, 바로 북쪽 두 봉우리 돌 틈 사이를 가리키며, 여기서 올라가는데 5리쯤 올라가면 갈 수 있으나 몹시 험하니 가지말기를 바란다고 한다. 이리저리 거닐며 쳐다보고 있노라니 구름 낀 암벽이 하늘에 꽂인 듯하여 뜻을 접게 한다. 돌아서서 동쪽 작은 개울에 다다랐다. 이곳은 바로 폭포의 하류지만 오래도록 가물어 거의 물이 흐르지 않으니, 폭포가 볼만한 것이 없음을 알 수 있다.

내려오다 소개촌에 이르러 물가에서 잠시 팔을 베고 잤다. 솥을 설치하고 점심을 먹었다. 날이 저물어서야 내려와 원통(圓通) 박가네 집에서 잤다. 이날은 40리를 걸었다.

추위 속에서 하루 밤을 지낸 김수증은 오던 길을 되돌아간다. 어제 지나쳤던 한계사지에 들렀다. 한계사지는 인제에서 양양으로 통하는 한계령 중턱의 장수대 옆에 있다. 절터 앞으로는 한계령에서 발원한 한계천이 흐르고 뒤로는 산줄기가 병풍처럼 싸안고 있다. 한계사는 신라 제28대 진덕여왕 원년(647)에 자장율사가 창건하였으나 수차에 걸쳐 큰 화재를 입게 되면서 자리를 옮기게 된다. 길에서 위쪽으로 조금 올라가면 한계사지이다. 정돈된 상태의 절터는 남은 주춧돌과 탑이 지키고 있다. 탑을 바라보는 가리봉과 주걱봉은 이곳을 향해 합장을 하는 모습이다. 절터에서 뒤쪽 오솔길을 따라 올라가면 석탑이 하나 더 있다. 울창한 숲에 쌓인 탑은 나무들의 비호를 받으며 대화를 나누는 듯하다. 현재 이곳에는 석탑과 돌사자상이 남아 있다. 남 삼층석탑이 보물 제1275호, 북 삼층석탑이 보물 제1276호로 지정되어 있다. 유물 유적은 대부분 석조물이며 높은 석축 위에 절터를 마련하고 사찰을 세웠던 건물터와 3층석탑 2기, 불대좌, 광배 등의 석재가 남아 있다. 석탑은 통일신라시대에 조성된 화강암 3층석탑으로 1기는 법당터에 무너진 채로 있던 것을 사찰터에 복원하였고 다른 1기는 사찰터 북쪽 언덕 위에 무너져 있던 것을 복원하였다.

돈욱이 쓴 「설악산심원사사적기」에 화천에 있던 비금사라는 절이 대승폭포 아래에 있는 옛 한계사터로 옮겨졌다고 한다. 비금사가 있던 곳은 지금의 동촌리이다. 예전에는 관불리로 불렸는데, 김수증이 화천 대리진을 건넌 후 넘은 고개가 관불현이다. 이곳에 있던 절이 인제로 옮겨졌다고 하니 김수증의 발길은 묘하게도 옮겨진 절을 따라 걷는 길이기도 하다.

『백담사사적(百潭寺史蹟)』에 의하면 이 절은 자주 불이 나서 여러 번 자리를 옮겼는데 그 때마다 절 이름을 운흥사(雲興寺)·심원사(深源寺)·선구사(旋龜寺)·영취사(靈鷲寺) 등으로 고쳤다. 김수증의 기록에 의하면 한계사는 1690년에 화재를 당했다. 한계사는 화재를 당하자 운흥사로 자리를 옮겼고, 김수증은 1691년에 운흥사에서 하룻밤을 묵었다.

한계사와 관련된 기록은 여기저기서 찾아볼 수 있다. 고려시대에 이규보는 한계사의 주지를 만나 밤새 술을 놓고 이야기를 나누었으며 그와 지낸 밤이 너무나 좋았던 모양인지 시 한수를 남겼다.

조선시대 구사맹(具思孟, 1531~1604)은 『팔곡선생집(八谷先生集)』에서 한계사와 관련된 재미난 이야기를 들려준다. 한계령을 오가는 사람들은 한계사에서 잠을 자야만 했다. 그러자 절의 스님들은 사람들 접대하는 것이 힘들어 절을 버려두고 떠나서 빈 채로 버려졌다고 한다. 그래서 지금은 무너지고 부서진 지 이미 오래여서 옛 터만 남았다고 증언하고 있다. 한계사는 화재가 나기 전에도 힘든 시기를 통과하여 왔음을 보여준다.

정필달(鄭必達, 1611~1693)은 「한계사에서」란 시를 남긴다. 그는 마의태자가 나라를 망한 것을 잊지 않고 이곳으로 들어와 바위에 집을 지었고, 김시습도 이 골짜기에 거처하였다고 적고 있다.

설악산 높은데서 큰 바다 바라보고　雪嶽高臨大海觀
푸른 하늘 위로 만 길 옥빛 산 솟아 있네　青天萬釼玉嶒岏

바위의 샘물은 졸졸 흘러 산 빛을 적시고 巖泉淼淼嵐光濕
소나무 골짜기는 그늘져 햇빛도 외롭구나 松洞陰陰日色單
적막한 앞 시대 왕조는 도리어 무너진 성첩 寂寞前朝還壞堞
김시습 남긴 자취는 텅 빈 제단으로 남았네 淸寒遺躅自空壇
인간세계 봄은 다 했는데 글은 어디에 있는가 人間春盡書安在
신선을 떠올리며 찾고자 하네 欲往尋之思羽翰

한계사는 한계령을 오가는 사람들에게 휴식의 공간을 마련해 주었다. 한편 마의태자나 김시습 등과 같은 한을 품고 있는 사람들에겐 치유의 공간의 기능을 수행하기도 했다.

전해들은 한계산의 여러 승경들

5월 11일. 비가 왔다. 역리(驛吏) 김세민(金世民)이 찾아와 인사를 한다. 그 사람은 상세하고도 분명하게 알아 한계산의 여러 승경(勝景)을 말하는 것이 매우 자세하다. 옥류천(玉流泉)·아차막동(阿次莫洞)·백운암동(白雲菴洞)은 모두 그가 삼(蔘)을 캘 때 다닌 곳이다. 옥류천(玉流泉)의 물이 끝나는 곳에 오래된 성터가 있으나, 물과 길이 동떨어져 곧바로 올라갈 수 없다. 비스듬히 큰 개울의 반석을 따라가다 북쪽으로 5리 쯤 들어가면 다다르게 된다. 삼면이 절벽으로 삥 둘러 있고, 터진 곳에 개울을 걸쳐 성을 쌓았는데, 높이는 4~5장이나 된다. 석문(石門)이 아직도 완연히 남아 있고, 성 안은 토지가 평평하고 넓어 살만하다. 북쪽 산등성이를 넘으면 지리곡(支離谷)이다. 수 십리 내려가면 세 개의 연못이 있는데, 기이하고 장엄함이 볼만하다. 아차막동

(阿次莫洞)은 진목전(眞木田)에서 동쪽으로 5리 지점에 있으며, 계곡을 따라 북쪽으로 들어서면 5~6장이나 되는 폭포가 여러 곳에 있다. 물을 쫓아 위로 오르면 상설악(上雪嶽)의 백운암(白雲菴)에 도달할 수 있다. 진목전(眞木田)에서부터 입구까지는 겨우 10리다. 계곡을 따라 북쪽으로 오르면 물과 돌로 이루어진 경치가 맑고 그윽하며, 아름다운 나무들이 즐비하다. 5리를 가면 암자터다. 절벽을 등지고 동남방을 향하고 있으며 여러 산봉우리들이 둥글게 줄지어 섰는데 은을 쌓거나 옥을 깎은 듯하다. 남쪽으로는 상필여봉(上筆如峯)이 있고, 서쪽으로는 입모봉(笠帽峯)이 있으며, 북쪽으로는 상설악(上雪嶽)이 10여리 안에 있다. 이곳에 오르면 동해(東海)를 볼 수 있다고 한다.

때마침 비가 내려 김수증은 원통에서 하루를 더 머물러야했다. 그때 김세민이란 자가 찾아와서 김수증이 미처 가보지 못했던 곳을 말해주었다. 직접 유람하진 못했지만 귀로 유람한 셈이다. 김세민이 말한 아차막동(阿次莫洞)은 소승폭포 입구를 말한다. 도둑바위골 입구는 백운암동(白雲菴洞)으로 추정되는 곳이다. 이 계곡을 오르면 서북능선과 백두대간이 만나는 한계령 갈림길이고, 바로 그 너머 계곡이 백운동계곡이다. 지리곡(支離谷)은 지금의 12선녀탕계곡이다.

한계산성은 옥녀탕으로 흘러내리는 물을 따라 올라가면 만날 수 있다. 인제 한계리에서 한계령을 오르는 국도 44호선변 아주 가까운 곳에 있다. 한계산성은 천연적으로 험준한 지형을 이용하여 지어진 산성으로 성안에 계곡을 품고 산을 빙 둘러 쌓았다. 『신증동국여지승람』에는 성의 둘레가 6278척(1902m), 높이 4척(1.3m)이라 기록되어 있어, 상당히 큰 규모의 산성이었을 것으로 보인다. 『고려사』, 「조휘열전」에는 고종 46년(1259)에 몽고군과 조휘가 이끄는 반란군이 이 성을 공격하였으나, 산성방호별감 안홍

도둑바위골 입구

소승폭포 입구

민이 야별초를 거느리고 출격하여 무찔렀다는 기록이 있다. 자연석을 다듬어 쌓고 군데군데 쐐기돌을 박은 성벽은 현재도 그 형태가 그대로 보존되어 있다. 성안에는 우물터, 대궐터, 절터가 있었다고 한다. 현재 우물터는 찾을 수 없고, 어지럽게 흩어져 있는 기와조각들과 함께 대궐터와 절터를 알아볼 수 있다. 한계산성은 신라 말 마의태자가 쌓았다는 설과 몽고군에 항거하기 위해 쌓았다는 설 등이 있으나 정확한 축성연대는 알 수 없다.

한계산성은 마의태자의 이야기를 들려준다. 마의태자는 천년사직이 고려에게 넘어가게 될 때 부왕의 의견에 반대하였다. 고려에 대항할 뜻을 품고 지사를 거느리고 이곳으로 옮겨 성을 쌓고 신라 회복을 도모하였다고 한다.

백운암(白雲菴)은 한계사에 딸린 암자였던 것 같다. 일찍이 유몽인(柳夢寅, 1559~1623)은 한계사에서 하룻밤을 지내며 폭포를 구경하고 백운암까지 갔다 왔다. 그는 백운암이 보우(普雨)의 은신처였다고 기록하고 있다. 백운암에 대한 기록은 채팽윤(蔡彭胤, 1669~1731)의 시에도 등장한다. 김창흡도 「백운암」이란 시를 남긴다.

높은 암자 달 비추는데 새벽에 일어나　高菴月照五更衾
바위에 기대 멀리 산봉우리 바라보네　起倚巖樓眺遠岑
갉아먹은 잎 우수수 힘없이 떨어지고　病葉蕭蕭落無力
외론 구름 두둥실 어느 곳에 머무르려나　孤雲冉冉住何心
산에 들어와 우연히 사령운과 함께 하니　尋山偶自同康樂
면벽구도하며 소림을 배울 필요 있으랴　面壁何須學少林
헛된 세상의 시시비비 여기서 사라지니　浮世是非於此盡
큰 소리로 길게 읊조리며 오고가누나　一聲長嘯去來今

상필여봉(上筆如峯)은 어디에 있을까? 이 산은 필례령과 관련이 있지 않을까. 지도를 찾아보니 가리봉에서 한계령쪽으로 이동하다 보면 '필례령'이란 고개가 표시되어 있다. 한계령에서 양양쪽으로 내려가다가 필례약수터로 가는 고개가 일반인들에게 알려진 필례령이다. 상필여봉이 있으니 하필여봉도 있을 것이다.

다시 한계산을 바라보다

12일. 맑음. 말이 지쳐서 쉬었다.

13일. 맑음. 아침 식사 후 귀로에 올랐다. 교탄의 물이 불어 건너기 어렵다고 들어 비스듬히 하류로 따라가다가 다리 위로 건넜다. 서쪽으로 돌다가 북쪽으로 작은 고개 하나를 넘었다. 부령(富嶺) 아래 시골집에 이르렀다. 점심을 먹고 고개 위에 올라 설악산을 돌아보니 산의 모양이나 봉우리 색깔이 또렷하여 손으로 잡을 듯하다. 남북으로 웅장하게 서린 형세는 한 번 와서 다 볼 수 없다.

말을 타기도 하고 걷기도 하면서 잠깐 사이에 고개를 내려왔다. 위는 위대로 아래는 아래대로 그 모습이 다르다. 함춘역(咸春驛) 이기선(李起善)의 집에 도착하여 말을 쉬게 했다. 날이 저물어서야 방천(方川)에 도착하여 김영업(金英業)의 집에서 잤다. 이 날은 100 리를 걸었다.

하루를 더 쉰 김수증은 아침에 출발한다. 그저께 내린 비로 인하여 여울의 물이 불어났다. 다리를 건너 광치령 쪽으로 향했다. 가아리는 계곡마다 조그마한 마을을 품고 있다. 개미허리 지형은 광치령에 가까워 오면서 넓은 마을을 형성한다. 개미의 머리 부분에 해당될 것이다. 주유소도 있을 정도로 큰 마을이다. 대암산과 가까워 대암산용늪으로 가는 탐방로가 시작되는 곳이기도 하다.

인제와 양구를 연결해주는 고개여서인지 가아리에 대한 기록을 종종 발견할 수 있다. 윤휴(尹鑴, 1617~1680)는 『백호전서』에 「풍악록(楓岳錄)」을 남겼는데, 가아리와 관련된 슬픈 사건을 알려준다.

> 19일(신유) 아침에 짙은 안개가 끼었다. 안개를 무릅쓰고 일찍 출발하여 인제 원통역에 와서 말에게 꼴을 먹였다. 주인 성명은 박윤생(朴潤生)인데 꿀 차를 대접했고, 역리(驛吏)들은 술과 과일을 대접했다. 춘천의 청원(清源)을 보려고 홍천 가는 큰길을 좌로 하고 굽은 시내를 건너 한 골짜기에 들어갔다가 과거보기 위해 떼 지어 걸어가고 있는 선비들을 길에서 만나 말에서 내려 서로 읍을 했는데 그렇게 하기를 두 차례나 했다. 시내 하나를 열여섯 차례나 건너 산골의 민가를 찾아 갔는데 아주 궁벽한 곳이었다. 주인의 말이, 자기 나이는 70이고 아들이 셋, 딸이 넷인데 금년 봄에 굶고 병들어 모두 죽었으며 집안간에 죽은 자들이 30명도 더 되는데 아직 땅에다 묻지도 못했다고 한다. 그 땅을 버리고 떠돌이로 나서고 싶어도 자기 자신은 그 고을의 토착민이고 아들이 또 어궁졸(御宮卒)이어서 쉽사리 옮겨가고 싶어하지 않는다는 것이었다. 그의 사정이 불쌍했고 산골짜기의 백성들 생활상이 그렇게도 맵고 고통스러워 장초지탄(萇楚之歎)이 없지 않았다. 슬픈 일이었다. 땅은 인제 땅이었고 마을 이름은 가음여리(加陰餘里)였다.

김수증은 이 마을에서 점심을 먹은 후 광치령을 넘는다. 광치터널 옆에 주차를 하고 터널 위로 올라갔다. 넝쿨을 헤치고 올라가니 동쪽으로 설악산이 보인다. 아마도 김수증은 아쉬움 속에서 설악산을 바라봤을 것이다. 그래서였을까? 그는 이후 기어코 대승폭포를 구경하고 산을 넘어 백담계곡으로 여행을 감행한다.

광치령을 경계로 인제와 양구가 나뉜다. 인제 땅은 평평한 고지대를 이루어 마을을 형성하고 있는데 반하여 양구 땅은 험하기 짝이 없다. 광치령을 내려가다 보면 광치자연휴양림이 광치계곡에 자리 잡고 있다. 크고 작은 봉우리들이 에워싸서 첩첩 산중을 이룬 광치령은 해발 800m로 그다지 높다고는 할 수 없지만 둘러싸인 골짜기와 깎아지른 듯 아득히 올려다 보이는 절벽이 험하다. 휴양림은 다양한 폭포와 계곡을 형성하고 있으며 울창한 원시림과 함께 조성된 자연적인 휴양림이다.

양구에 들려 잠시 쉰 뒤, 화천 방천에 들려서 하루 밤을 보내게 된다. 윤휴는 양구 고을에 대해서도 자세히 적고 있다. 그를 따라가본다.

> 20일(임술) 맑음. 일찍 출발하여 광치(廣峙)를 넘는데, 재가 매우 가파르고 길이 전부 돌 뿐이어서 사람이나 말이나 힘들고 괴롭기가 미시넁에 버금갔다. 원화촌(還花村) 윤동지(尹同知) 옛집에서 조반을 먹었는데 윤천민(尹天民)이라는 자가 술과 과일을 가져와서 대접했다. 재를 넘고 골짜기를 벗어나니 들판이 매우 넓고 민가 수십 호가 여기 저기 살고 있었으며 지붕은 모두 기와로 덮었는데, 그 모두가 선비들 집이라고 했다.
>
> 윤생의 말에 의하면 윤동지라는 자는 이름은 수(洙)이고 관향은 파평(坡平)이다. 그의 증조부가 처음으로 그 곳에 들어와 농사에 주력

하여 재산을 이루었다. 그 고장에 삼(蔘)이 생산되는데 한 근 한 냥이 아니라 캐면 섬으로 캐기 때문에 가세가 매우 풍족하고 곡식도 1만 석을 쌓아 두었다가 병자년 난리에 싸우러 가는 북로군(北路軍)이 모두 그 곳을 지나게 되어 그 군대들 먹을 것을 전부 그가 대었다고 한다. 그리하여 국가에서는 그에게 가선(嘉善)의 품계를 내렸다고 하였다. 난리로 인하여 세상이 그렇게 어지러울 때 자기 사재를 털어 국가의 다급함을 돕는다는 것은 복식(卜式)과 같은 사람인데, 국가에서 그에게 보답하는 것이라고는 고작해야 영직(影職)이나 공함(空啣)뿐이니 그래 가지고서야 어떻게 충성을 권장하고 공로에 보답할 것인가? 더구나 그 사람으로 말하면 자기 자력으로 치부하여 그 고을에서 우뚝하게 솟았고 또 자기의 힘이 많은 백성들에게 미치게 하였으니 그만하면 재질로나 힘으로나 기릴 만한 사람이 아니겠는가? 우리나라에서 사람 쓰는 것은 꼭 쓰일 사람이 쓰이는 것도 아니고 쓰였다고 해서 꼭 쓸 사람도 아니어서, 그 역시 국가를 부강하게 만드는 방법이 아닌 것이다.

원화촌은 지금의 야촌리이다. 멀리 구멍이 뚫린 용소가 있어서 '멀구리' 또는 '원화촌'이라 하였다. 1914년 행정구역 폐합에 따라 밤골을 병합하여 들에 있는 마을이란 뜻으로 야촌(野村)이라 하고 남면에 편입하였다. 청리에는 원동지라는 사람이 개척했다 하여 붙여진 원동지골이 있다. 지금은 마을이 나뉘어졌지만 예전에는 야촌리와 청리가 한 마을이었음을 보여준다.

돌담 속의 계성사 석등

14일. 맑았으나 저녁에는 흐리다가 비를 뿌렸다. 일찍 출발하여 낭천(狼川)의 정(程)씨 집에 이르러 점심을 먹었다. 원천(原川)을 지나 서쪽으로 돌면서 시냇물을 따라 30리를 가서 계상사(繼祥寺)에 이르렀다. 고탑(古塔)과 부도(浮屠)가 있으며, 남아 있는 스님은 3, 4인이다. 처음에 지은 암자와 요사채는 제 모습을 갖추지 못하였다. 거친 풀이 뜰을 덮어 앉을 만 한 땅도 없다. 노승 언흘(彦屹)은 지난번 신수사(神秀寺)에서 본적이 있다. 한계산의 대승암(大乘菴)을 유람하고 봉정암과 곡연(曲淵)을 두루 돌았기에, 그 승경(勝景)의 풍치(風致)를 말할 수 있었다. 조금 내 마음에 맞았다. 초막(草幕)이 매우 누추하나 향을 피우고 잠자리에 들었다. 이날은 80리를 걸었다.

원천리에 도착한 김수증은 설악산으로 갈 때와 다른 길을 택한다. 오탄리 방면으로 간 것이 아니고 계성리 방향으로 걸었다. 계성리는 달거리 고개 아랫말에 넓게 펼쳐진 마을이다. 계성천이 흐르고 장군산과 두류산으로 둘러싸인 마을이다. 달거리 버스 정류장에서 서북쪽으로 약 8km 거슬러 올라가면 계성사 절터와 석등이 나온다.

계성리는 마을을 구성하고 있는 자연부락의 옛 이름을 표지판에 적어놓아서 찾는 이들에게 친근감을 준다. 마을길을 따라 계속 가다 보면 포장도로가 끝나면서 군부대가 계성사로 가는 골짜기를 지키고 있다. 군부대 정문 옆에 석등까지 5km라고 알림판이 걸려있다. 석등까지 갔다 오는데 세 시간쯤 걸린다.

군부대의 허락를 얻고 걷기 시작했다. 출발 시간은 10시 20분. 어제 내린 비 때문에 길은 질척거리고 고여 있는 물을 이리저리 피해 가면서 계속 걸었다. 여기저기 서 있는 표적판과 고물이 된 전차가 군부대 안이라는 사실을 알려준다. 군부대 후문을 통과하면서 본격적으로 계곡이 시작된다. 계속 이어지는 바위와 투명한 소는 청정구역임을 알려준다. 규모가 크진 않지만 아기자기한 계곡은 마음을 편안하게 한다. 물을 몇 번 건너자 조그마한 집이 보인다. 제법 넓은 밭과 돌무더기 사이에 늘어선 벌집은 아련하게 몇 십 년 전으로 끌고 간다. 주인은 집을 비운 지 오래 된 것 같다. 집 앞의 오토바이를 칡넝쿨이 뒤덮고 있다. 단칸방은 자물쇠로 채워진 상태로 녹이 슬어 있다. 부엌의 세간은 먼지를 한 켜 덮고 있다. 파는 파랗게 돋아나고 있는데, 아직도 인기척이 없는 집 주인의 안부가 걱정된다.

여기서부터 주변은 화전민들이 일구던 밭과 집터가 수풀 사이에 삐죽삐죽 드러낸다. 그 많던 화전민들이 떠나버린 이 계곡은 이따금 놀란 꿩 때문에 더 놀라는 여행자 한 사람만 있을 뿐이다. 도회지로 떠났을 화전민들과 그 자손들은 이 계곡이 그리워서 어떻게 살아갈까? 힘들 때마다 사무치도록 그리울 아름다운 계곡이다. 비록 양식이 풍족하지는 않았겠지만 자연 속에서 소박하게 살았을 것이다.

조금 더 올라가자 계곡은 제법 넓어진다. 계곡에서 제일 넓은 곳이다. 무작정 걷던 눈에 석등이 점점 다가선다. 철로 된 네모난 울타리 안에 있는 석등은 오랜 세월 속에서 자연의 하나가 된 듯 나무처럼 서 있다. 바로 다가서기 겸연쩍어 주변을 이리저리 돌아본 후 다가섰다.

자료를 보니 석등은 폐교가 된 원천초등학교 괴산분교 자리 한가운데 있다. 앞의 표지판이 석등을 소개한다. 계성사(啓聖寺)의 석등은 건립 시기가 고려시대로 추정되는 보물 제496호다. 고려 충렬왕 때 계성사 건립과 함께 세워진 것으로 추정된다. 이 석등은 절터에서 약 200m 밑으로 옮겨졌다고 한다.

계성리 골짜기

절터 주변 폭포

계성리 석등

김수증은 계성사를 계상사(繼祥寺)로 적고 있다. 그 당시 고탑(古塔)과 부도가 있으며, 남아 있는 스님은 서너 사람이고, 암자와 요사채는 제 모습을 갖추지 못하였다고 하니 쇠락해가던 절의 모습이 그려진다.

절터를 찾기 위해 주변을 한 시간 이상 배회하였다. 여기저기에 쌓여 있는 돌무더기와 두둑 형태를 한 땅은 아마도 집터와 전답이었을 것이다. 한참을 찾다가 개울을 건너니 절터다.

절터 바로 위를 지나니 힘찬 물소리가 계곡을 울린다. 길에서 계곡쪽으로 이동하니 하얗게 부서지며 물이 떨어진다. 두 개의 폭포가 고즈넉한 계곡에서 힘차게 낙하한다. 스님들은 아마도 폭포 밑의 연못에서 몸을 정갈히 하며 용맹정진하였을 것이다. 그러고 보니 폭포 소리는 수양을 게을리 할 때마다 쏟아지는 죽비소리와 닮은 것 같다.

명지령을 넘어 화음동으로

15일. 맑음. 조반을 들기 전에 절에서 나와 서남쪽으로 명지현(明知峴)을 넘었다. 땅이 평세기 높게 솟고 길이 매우 가파르고 급해서 어렵게 걸어 내려와 곡운정사에 다다랐다. 해는 아직 중천에 뜨지 않았다. 이날은 20리를 걸었다. 오후에 화음동(華陰洞)으로 돌아왔다. 이튿날 조카 창흡은 동음(洞陰)으로 돌아갔다.

아침 공양도 하지 않은 채 김수증은 출발한다. 집에 빨리 가고 싶은 조급증이 일었을까? 절을 떠나 명시현을 향해 몇 걸음 걸으니 조금씩 길이 급해지더니 금방 등과 이마에 땀이 흐른다. 계곡은 몇 번 나누어지더니 물도 점점 줄어들며 물소리도 잦아든다. 그럴수록 바람은 나무들을 흔들며 세찬 소리로 계곡을 흔든다. 산마루엔 아직도 잔설이 남아 있다. 절터에서 출발한지 40분쯤 되자 숨이 턱까지 차면서 고개 정상이 나타났다. 명지현은 이름이 바뀌어 명지령이란 이름을 돌로 된 이정표에 깊이 새겨 넣었다. 계단 위에 설치된 명지령 표지판은 공병부대가 길을 뚫었음을 알려준다. 옛날 사창리와 용담리 주민들이 화천장을 보러 다닐 때 이용하던 고개다. 지금은 백두대간을 종주하는 사람들이 오고가고, 훈련 중인 군인들만이 땀을 뿌리곤 한다.

　동행하던 김창흡은 「명지현(明地峴)」이란 시를 한 수 남긴다.

　뒤엉킨 바위 옛 길 희미하고　古道紆巖一線微
　등나무와 떡갈나무 잎에 안개가 짙네　藤梢樕葉暗煙霏
　숲 속엔 화전 밭 많고　中林剩有燒畬地
　고개 중간엔 낮에도 범을 만나네　半嶺多逢晝虎歸

　명지령 정상에서 남쪽을 바라보니 흰 구름 아래 화악산이 하얗게 버티고 있다. 4월 중순인데도 주변의 봉우리를 친구삼아 우뚝 서 있다. 김수증은 화악산 아래로 발길을 옮기며 한계산 여행을 마치게 된다.

멍지령에서 바라본 화악산

에필로그

　김수중과 함께 한 여행은 끝났다. 겨울부터 시작한 여행은 여름을 지나고 가을이 되어서야 겨우 끝났다. 제대로 김수중의 발자취를 밟았을까? 자신 할 수 없다. 누군가는 구태여 그렇게 할 필요가 있느냐며 핀잔을 준다. 맞는 말이다. 모두 이렇게 할 필요는 없다. 다만 이렇게 하는 것이 우리들의 여행을 더 풍요롭게 해준다. 그동안 간과해왔던 것들이 다시 눈에 들어오고, 그러면서 의미를 갖게 되었다. 심상하게 스쳐가는 우리 주변의 것들은 따스한 온기를 머금고 반갑게 맞아주었다. 그러한 것들이 바로 조상들이 우리에게 물려준 문화가 아닐까?

길종갑 설악산 대청봉 2016 作

찾/아/보/기